RETRATO DE UN
HOMBRE INMADURO

Libros de Luis Landero
en Tusquets Editores

ANDANZAS

Juegos de la edad tardía

Caballeros de fortuna

El mágico aprendiz

Entre líneas: el cuento o la vida

El guitarrista

Hoy, Júpiter

Retrato de un hombre inmaduro

TEXTOS EN EL AIRE

¿Cómo le corto el pelo, caballero?

FÁBULA

Juegos de la edad tardía

Caballeros de fortuna

El mágico aprendiz

El guitarrista

Hoy, Júpiter

MAXI

Juegos de la edad tardía

Retrato de un hombre inmaduro

LUIS LANDERO
RETRATO DE UN
HOMBRE INMADURO

M A X I
TUSQUETS
EDITORES

1.ª edición en colección Andanzas: noviembre de 2009
3.ª edición en colección Andanzas: febrero de 2010
1.ª edición en colección Maxi: marzo de 2011

© Luis Landero, 2009

Ilustración de la cubierta: fotografía y montaje de Crowther & Carter.
© Creative / Getty Images

Fotografía del autor: © María Antonia Landero, 2009

Diseño de la colección: FERRATERCAMPINSMORALES

Reservados todos los derechos de esta edición para
Tusquets Editores, S.A. - Cesare Cantù, 8 - 08023 Barcelona
www.tusquetseditores.com
ISBN: 978-84-8383-581-4
Depósito legal: B. 7.637-2011
Impresión y encuadernación: Black print CPI (Barcelona)
Impreso en España

A Beatriz de Moura
y a Antonio López Lamadrid

¿Que si me había dormido? No, qué va, cómo me iba a dormir. Estaba acordándome, no sé por qué, de un anuncio que leí hace unos años mientras hacía cola en la panadería de Lucas. Decía así: «Impedido, Óskar, silla de ruedas a motor, ultraligera, con sube-bordillos, solicita asistente para manifestación guerra Irak», y un número de móvil. Media cuartilla mal rasgada de un cuaderno escolar, prendida con una chincheta en el panel de corcho y escrita con torpe y concienzuda caligrafía infantil.

Y recuerdo que al leer esas líneas, de repente sentí la llamada, la dulce e imperiosa llamada de la virtud, y el placer anticipado de convertirme en un hombre ejemplar. No era ni mucho menos la primera vez que me ocurría. Al contrario, ése ha sido siempre el signo de mi vida: la intermitencia, la indefinición, la mala salud psíquica, las bruscas alucinaciones de la identidad. Eso que en otros tiempos se llamaban crisis espirituales. Le pondré un ejemplo cualquiera, más que nada porque mi desconfianza y mi ineptitud para el lenguaje abstracto me impiden abordar este asunto con cierta garantía intelectual.

Verá, fue un día de septiembre de hace ocho o diez años. Era al final de la tarde y yo caminaba distraído, absorto en algún vago ensueño. Imagíneselo: el ritmo cansino, el camino aprendido, el cielo limpio, y en la luz fresca del atardecer la promesa inminente de una tregua en el diario laborar. Un día como tantos. Pero de pronto el instinto me advierte de que algo extraño está pasando a mi alrededor. Era como la sensación de haber entrado en una isla de silencio o en un lugar sagrado, o como sufrir uno de esos sobresaltos de las duermevelas, cuando por un momento uno no sabe quién es, ni qué edad tiene, ni a qué especie pertenece, ni qué significan el mundo y la existencia. Entonces me doy cuenta de que estoy pasando ante una comisaría. Es una comisaría de varias plantas, que ocupa toda una manzana, donde se expiden documentos, se tramitan multitud de denuncias, se declara, se informa, se solicita, se concede, y por eso a todas horas hay muchas colas y mucho ir y venir de gente apresurada, sólo que hoy no hay público, qué extraño, ni un alma, y además han cortado el tráfico, y la acera y una parte de la calzada están acordonadas por una cinta amarilla de seguridad, y hay varios coches patrulla atravesados en la calle y con las luces de emergencia encendidas, y guardias con pasamontañas, uniformes de camuflaje y subfusiles automáticos custodiando el entorno. Gente armada, espacios abiertos, grupos a lo lejos, expectación en el ambiente. En fin, he ahí un gran espectáculo social: la escenificación dramática del orden. Y resulta que sólo yo, en mi distracción, me había aventurado por aquel territorio que, estando franco, ahora veo que los demás viandantes prefieren darlo por prohibido, porque todos han rehusado esa acera y avanzan a buen paso por la contraria.

Entonces yo bajé la vista y pasé ante los guardias, y según pasaba sentía el peso de sus miradas, y no sólo la de ellos sino también la de los peatones del otro lado de la calle, que habían remansado el paso, y algunos se habían detenido y estaban de puntillas y con el cuello asomadizo para seguir mejor aquel suceso anómalo. ¿A quién no le ha ocurrido una cosa así? De pronto uno se convierte por casualidad en protagonista de algo, y los demás, transformados en espectadores, esperan una buena actuación de ti, casi la exigen, y tú por dignidad no puedes defraudarlos ni abandonar la escena sin cumplir el papel que te asignó el destino.

«He aquí», pensé, «que por una torpeza o un descuido me he convertido en sospechoso, en persona de no fiar, y ahora quizá los guardias, los porteros de los inmuebles, los meros curiosos, los niños, alguna que otra mujer hermosa, los vejetes con sus garrotillas, las colegialas con sus falditas de verano, los comerciantes que por un momento han desatendido sus negocios para asomarse a ver el espectáculo, todos, estarán pensando quién seré yo, quién será ese que va por ahí, si será un delincuente, o un terrorista, o sólo un gilipollas, uno de esos ciudadanos deseosos de significarse, un desaprensivo que, sabedor de las leyes que lo amparan, no tiene escrúpulos en desafiar a la autoridad con la esperanza de poder jactarse luego ante ella de sus derechos democráticos.» Y en ese instante deseé con toda mi alma que me echaran el alto y me pidieran los papeles. Incluso aminoré el paso e hice por detenerme con un gesto de ofuscación, y ya iba a llevarme la mano a la chaqueta, cuando uno de los guardias me disuadió con la cabeza y me indicó que siguiera adelante.

Y entonces ocurrió. Quiero decir que en ese momento sentí lo mismo que sentiría unos años después al leer en la panadería el anuncio de Óskar: la dulce, la embriagante exhortación de la virtud, y el placer de saberme inocente. Y también la necesidad de que los demás supieran que, en efecto, lo era, y de que me apreciaran, y hasta me admiraran por ello. ¿Cómo decir? Es un sentimiento que nada tiene que ver con la religión, porque yo soy ateo, aunque no practicante, pero son como raptos místicos, que me ocurren muy de vez en cuando. Ardientes anhelos de perfección y trascendencia. Ansias de purificación. Ebriedad moral. Impresión milagrosa de caminar sobre las aguas. Fanatismo y candor confundidos en uno. Apetito desordenado de amor al prójimo y a uno mismo.

Y bien. En ese estado de beatitud abandoné la escena y pasé a ser espectador. Engrosé un corro de curiosos. Recibí sonrisas, parabienes, miradas de simpatía, gestos de adhesión. Me sentí feliz de volver a ser miembro reconocido de la tribu. Es más, por haber estado en entredicho, ahora mi inocencia valía más que las otras. Y también mi opinión. Algunos creyeron, en su sed de saber, que yo poseía algún tipo de información privilegiada. ¿Qué pasa?, ¿qué ocurre?, ¿por qué ese despliegue?, ¿un aviso de bomba?, ¿la visita de alguna autoridad? Y hasta mi silencio era acogido como un modo prudente de callar, y entre esos agasajos me fui retirando, repartiendo saludos, recibiendo palmadas en el hombro, convertido poco menos que en un líder moral.

Mientras proseguía mi camino, me llené de proyectos edificantes. Y es que pocos negocios hay tan prósperos como el de la buena conciencia cuando se asocia con la fantasía. Y así, durante un tiempo, un mes o dos, o a veces sólo una quincena o unas horas, me transformaba en un hombre ejemplar. Me levantaba emprendedor y deportivo, cantaba en la ducha, me despedía de mi mujer con un beso soplado, salía de casa oloroso y amable, y muy saludador, la mano lista siempre para ceder el paso, la sonrisa fácil, el don de gentes pintado en el rostro. A lo mejor me encontraba en el ascensor con un vecino. «Está tristón el día», decía uno de los dos, y esa frase servía para ponernos de acuerdo en todo. «Si está triste, por lo menos que llueva.» Evocábamos los campos, los pantanos, la contaminación, la aridez general de España. En un instante establecíamos lazos de afinidad. Las clases sociales quedaban anuladas. Los lemas de la Revolución Francesa tutelaban beatíficamente nuestro jovial y mínimo coloquio. Nos deseábamos buen día, orgullosos de nuestra civilización, de nuestra especie.

Y yo continuaba mi camino y sentía en el alma una hambruna de concordia que me llevaba a ser humilde con los soberbios, sincero con los farsantes, solidario con las causas perdidas, beligerante en la defensa de los débiles contra los desafueros de los poderosos. ¡Y qué íntimo gozo sentía cuando entregaba un donativo a una ONG o a un pordiosero!, o cuando encontraba a algún ciego o impedido a quien ofrecer mis servicios, o a algún inmigrante a quien tratar con deferencia, como a un igual, si es que no como a un superior. Y me encantaba pasar ante los juzgados, las comisarías, los cuarteles, los ministerios, o entrar en los supermercados y grandes almacenes donde había cámaras de vigilancia y acortar el paso y demorarme ante ellas mientras examinaba algún artículo valioso para que mi inocencia quedara bien grabada, un documento para la posteridad, y a veces hasta me imaginaba que una severa comisión de ciudadanos notables, reunida al efecto, analizaba y juzgaba cada uno de mis gestos, de mis palabras, de mis actos, por nimios que fueran, para poder medir luego el alcance de mi rectitud. Y yo iba por la calle actuando ante ellos, jugando a adivinar sus comentarios, sus juicios, sus elogios. «He ahí un hombre en verdad intachable», decían finalmente de mí, rendidos ante las evidencias.

Y lo era, créame. No haga caso de mi tonillo irónico, que exagera a propósito las pequeñas hipocresías que conlleva siempre toda empresa humana radical y ambiciosa. Yo quería ser bueno, íntegro, valiente, comprometido con mi tiempo. Porque, ¡qué de iniquidades había en el mundo! En el mundo remoto y aquí mismo, en mi barrio, que es el de Chamberí, dicho sea al paso. ¡Cuántos motivos para indignarse y perseverar furiosamente en la virtud!

Recuerdo que en uno de esos raptos místicos leí en el periódico, no sé si usted se acuerda, el caso de un hombre que robó en El Corte Inglés seis compactos de Julio Iglesias y huyó perseguido por dos guardias de seguridad. En la estación de Sol, saltó entre los vagones de un tren ya en marcha. Eso ocurrió el 7 de noviembre de 1998, sábado para más señas. Estas cosas conviene recordarlas con exactitud, y es una lástima que, sin embargo, haya olvidado el nombre de aquel joven. Porque era joven. Venían fotos de su vida. Con su novia, de recluta, con su hija, y la más terrible de todas: sentado de niño en las rodillas del rey Baltasar. Y al imaginarme lo que va de esa foto del niño en vísperas de Reyes al adulto que huye hacia la muerte con su pequeño hurto, me eché a llorar muy de veras, y durante varios días anduve a rachas con aquel llanto, y siempre que podía buscaba algún espejo para verme llorar, y créame, esa ofrenda de lágrimas, esa imagen mía inconsolable, sincera, hecha trizas, me reconfortaba y secretamente me enorgullecía y me daba motivos para perseverar en la virtud.

Pero ahora, ya que ha salido a relucir la música, déjeme decirle otra cosa, que viene muy a cuento y casa con la anterior como las dos medias cáscaras de una nuez. Luego retomaré lo de Óskar, recuérdemelo si se me olvida.

¿Usted es aficionada a la música? A mí me gusta un poco de todo, no tengo gustos definidos, aunque sí algunas fobias, pero lo que nunca me pierdo es el concierto de Año Nuevo de la Filarmónica de Viena. Siempre invitan a algún gran director de orquesta, y esta vez el invitado era Zubin Mehta. También actuaban ese año los Niños Cantores. Eso fue el 1 de enero de 1998, diez meses antes del trágico incidente del ladrón de música que acabo de contarle.

Yo escuchaba los valses, veía a Zubin Mehta (que en cierto momento se fue entre aplausos y reapareció con un ros de factor ferroviario y en la mano izquierda un banderín de señales y un pito o cornetilla para llamar a los viajeros al tren; la mano derecha la reservaba para dirigir), veía a los Niños Cantores (que, al mucho rato de cantar, cuando ya casi nos habíamos olvidado de ellos, irrumpieron en el patio de butacas vestidos todos de marineritos y repartiendo rosas a las damas), veía al público (lo mejor y más granado que ha dado Europa en todo su vasto devenir, ejemplares de ambos sexos educados y pulidos por diez siglos de historia, y en cuyas miradas, sonrisas, gestos, había algo de Aristóteles, algo de Voltaire, algo de Goethe, de Petrarca, de Newton, la filosofía, la música, la ciencia, la Guerra de los Treinta Años, la Revolución Fran-

16

cesa, la *belle époque*, y también el asombro de que los recientes antepasados de aquellas adorables criaturas hubiesen muerto destripados en las trincheras, en las sucias y enfangadas trincheras de las dos Grandes Guerras), veía las arañas y las molduras y el brillo de los metales y las maderas preciosas, y el temblor de las arpas, en fin, todo eso, y de pronto me entró la emoción ante lo que el hombre es capaz de crear, no sólo la belleza de la música sino también la de los comportamientos y los usos sociales, no sólo la gracia de los valses y de los bailarines y de las voces de los Niños Cantores sino además la elegancia con que esa gente escucha, gusta, aprecia, aplaude, espera, ironiza, sonríe, bate palmas... ¡Con qué finura se aúna en ellos la fría razón que levantó puentes y creó Estados con la efusión trémula de unos versos de amor! La gasa de bruma que flota sobre los lagos del norte, donde anida la grulla, y que los poetas románticos cantaron entre lágrimas, se trasmuta aquí en el chal escarlata que cubre los hombros de una dama definitivamente hermosa, una dama de unos sesenta años, o quizá más, pero cuya belleza está a salvo del tiempo, como los asuntos de Estado sobrevuelan las razones privadas, los casos personales, porque es una belleza cabría decir que histórica, que ha sobrevivido a las invasiones de los bárbaros, a la Bastilla, a las revueltas populares, y a la que ya nada podrá menoscabar, ni siquiera la muerte, porque esa dama se encarnará en otra y no habrá Año Nuevo en que no esté ahí, única y maravillosa, dando palmas al ritmo de la *Marcha Radetzky*.

¡Qué gran rigor en la mano con que Zubin Mehta marcaba el compás de la música! Por un momento daba la impresión de que batía, como una mayonesa, las almas del público para que trabara y creciera el sueño...

Creo que me he puesto demasiado elocuente, pero es que entonces, en la apoteosis de *El Danubio azul*, se me arrasaron los ojos de lágrimas ante la imagen de un edén que estaba ahí, entre nosotros, en Viena, representado por músicos y niños y espectadores y extensivo a los mil millones de almas que seguían el concierto por televisión.

¿Será que las trampas de la felicidad no atienden a razones? ¿Será que van derechas al corazón y atropellan el conocimiento a su paso? ¿Lo abarca todo la piedad y todo cabe en ella? Porque ahora recuerdo la llantina que me entró cuando los cabrones de ETA mataron a Miguel Ángel Blanco, y cómo unos días después me sorprendí a mí mismo secándome las lágrimas en el final de *Pretty woman*. Será que la razón tiene también su corazoncito, y el derecho a ponerse sentimental, e incluso cursi, ¿no cree?

Le pondré un último ejemplo acerca de la duplicidad de mi carácter. Cuando he asistido a alguna reunión de gente importante, es decir, superior a mí, yo siempre he tendido a reunirme y a hacer parte con los criados. Supongo que eso se debe a mi complejo social, y al miedo a quedar en evidencia de lo que soy, un don nadie, en tanto que entre la servidumbre no sólo soy alguien, y opino y bromeo, y río a mis anchas y alterno con holgura, sino que alimento también la secreta esperanza de darles una lección de altruismo y naturalidad a los importantes y lograr de ese modo ser alguien entre ellos, que es en el fondo mi verdadera aspiración.

Yo creo que la vida, y nosotros con ella, se parece mucho a esas páginas de los periódicos donde viene de todo, donde los honores se codean con las necrológicas. Fulano murió en la paz de Dios tras una larga enfermedad, Mengano recibió el Premio Donaire por la sal de sus dichos, en tanto que Perengano fue visto en tal sala de fiestas en compañía de tal modelo o de tal miss. Son noticias sociales, de difícil clasificación, y con todo ello hacen un surtido y resulta una página abigarrada y amena de leer. ¿No es ahí donde vienen también los crucigramas y otros pasatiempos, las onomásticas, la lotería y la información meteorológica?

Sí, ahí está la vida y su alocada trama de criaturas, recogida en sus más trágicos y frívolos contornos. Un grotesco tremedal de instantes. En fin, de estas cosas podría contarle muchas, y quizá se las cuente más tarde, porque esta noche de mis tormentos promete ser muy larga.

¿Por dónde iba? ¡Ah, sí, es verdad, por lo de los raptos místicos! Me duraban un tiempo, no mucho, y luego me iba aburriendo y olvidando de tantas buenas intenciones. Y volvía a la feliz soltería ideológica y moral en la que siempre me ha gustado vivir. Mis ansias de virtud desfallecían entre los mirtos de la conciencia. Porque, ¿qué tipo de bondad es la mía?, me preguntaba. Como casi todo el mundo, yo era bueno no por el bien que hacía sino por el mal que dejaba de hacer. De ésos hay muchos virtuosos. Lo que se llama una buena persona, que no hace daño a nadie. Y es que ya se sabe, quien fuma tiene un vicio, pero quien no fuma no posee por eso una virtud. Por otra parte, yo soy de los que delegan, como casi todos: en cuestiones políticas, en los políticos; en cuestiones morales, en los curas, profesores y escritores del ramo; en la información y en la opinión, en los periodistas; en la educación, en las escuelas; en la seguridad, en la policía y en el ejército. Es decir, delego en los profesionales, que para eso se les paga. Y si me acordaba del ladronzuelo de El Corte Inglés, me encogía resignadamente de hombros. ¿A quién le importa que la justicia salte la tapia y entre por el huerto?

Y en fin, así soy yo. Un hombre sin virtudes, un yermo donde no crecen malas hierbas, es cierto, pero tampoco la más humilde flor. Y además, ¿es que mi noble predisposición al bien era correspondida acaso por el prójimo? No, pasaba por completo desapercibida. Y uno no es un santo. La gente dice: «Has engordado», o «Tienes buen aspecto», pero no te dice, incluso después de una larga conversación: «Te veo más bondadoso», o más cruel, o más tonto o más inteligente. La gente sólo repara en lo obvio y en las apariencias, y no advierte los cambios en la hondura del ser. Entonces me decía: «Anda y que se jodan. Ámate a ti mismo, y acepta que ese amor es más firme y cierto que el que te inspira o le debes al prójimo. Ama a los demás con el sobrante del amor propio».

Así que, sin saber cómo, rendía mi mirada a la costumbre y volvía a mi mundo anterior, a mis otras formas de ser, al descanso de la indiferencia, al sentimiento anestesiante de la normalidad, y a veces, como resarciéndome de una ofensa, de pronto me acometían raptos violentos, secretos raptos no menos placenteros que los que me procuraba la virtud. Y es que la bestia herida o desairada va a su cubil y allí se amostaza, o se afila las uñas para futuras ocasiones. Le contaré también algún episodio de esta especie.

Verá. Durante muchos años viví en un piso de alquiler, también en Chamberí, hasta que luego me mudé a una vivienda propia, es decir, me convertí en propietario, que es una de las experiencias más deliciosas que uno puede tener. Pues bien, allí en mi primer domicilio, en el mismo inmueble, vivía también un matrimonio, y siempre a mediados de mes la mujer me pedía prestadas cinco mil pesetas, y al principio del otro me las devolvía. «Pero, por favor, que no se entere mi marido», me decía en cada ocasión, «que es capaz de matarme.» Y siempre se las arreglaba para bajar a casa a solicitar el préstamo cuando no estaba mi mujer. Prefería al parecer tratar conmigo, es decir, con un hombre, y no había más que ver su aspecto para entender aquella decisión.

Era de una fealdad hecha con materiales de derribo de una antigua juventud atractiva, y hasta despampanante. El pelo de un rubio cabaretero, los labios enrabietados de carmín, los ojos pintados de un modo entre ingenuo y procaz. Todo eso le daba un aire un poco golfo, de rompe y rasga, y también su manera de andar y de hablar y de reír contribuían a armar esa imagen de buscona disfrazada de señora de clase media. Hablaba a voces (salvo cuando lo hacía en susurros, para obsequiarte con algún secreto), reía a carcajadas por cualquier cosa, con falsetes y como relinchos, y su risa era una forma yo creo que un tanto desesperada de educación, porque quizá apenas sabía leer y escribir, ni había tenido ocasión de moverse en ambientes finos, y temía que se le notara su baja estofa si al saludar no rendía un homenaje aparatoso al prójimo.

A mí me parecía que era como una puta redimida. El redentor era su marido, un hombre alto y grave, cadavérico, muy abrigado siempre, muy echado hacia atrás, de ojos ilegibles tras unas gafas de cristales turbios, que no saludaba nunca, yo creo que más por miopía que por arrogancia o dejadez. Llevaban casados seis o siete años, es decir, que hacía ya algún tiempo que la había redimido. Cuando iba con él, también ella se estiraba mucho. Se cogía de su brazo y ponía la mirada lejana y abstracta, y alzaba la barbilla con un no sé qué de afectación o de desdén y allá que se iba, muy digna, muy señora, los dos abismados en su impenetrable naturaleza conyugal.

Cuando aparecía sola, sin embargo, era muy distinta. Sus ojillos de comadreja no se perdían ripio de lo que ocurría alrededor. Todo lo miraba y lo remiraba y por todo reía, y hacía aspavientos, y si la veías llegar de lejos, ella te había visto mucho antes y a gritos iniciaba un saludo jovial e interminable. Temía a su marido, y parecía llevar una doble vida del mismo modo que también era plebeya o señora según las circunstancias.

Aunque nunca me lo confesó, yo sabía que se gastaba las cinco mil pesetas en el bingo y en las tragaperras de los bares. Su marido, que debía de andar ya por los setenta y pico, trabajaba en alguna oficina o negocio, y ella, en cuanto se veía sola, se echaba a la calle, al juego, al coloquio, al huroneo, porque ése era su mundo, ésa su verdadera vocación.

¿Que qué edad tendría? Unos cincuenta y cinco años, o quizá más, quizá ya rondando los sesenta, y yo andaba entonces por los treinta y tantos. Y bien. Solía usar unas botitas donde le bailaban los tobillos enfundados en medias siempre negras. Tenía los dientes pequeños, sucios y mal repartidos, pero lucía dos colmillos de oro. Las mujeres del inmueble, que eran señoras de verdad, la rehuían, y con un amago de sonrisa soslayaban su propensión al charloteo y a las confidencias. Y ella subía y bajaba, entraba y salía, no paraba ni un instante en casa ni en cualquier otra parte salvo en el bingo y en los bares, y cuando uno iba por las calles del barrio tenía muchas posibilidades de encontrársela. Un día me dijo, bajando mucho la voz:

«Mi marido y yo nos hemos comprado para los dos una sepultura a perpetuidad en el cementerio de la Almudena». Y lo decía con orgullo, quizá porque hasta entonces no había conocido el placer de ser propietaria de un bien inmueble.

Y créame si le digo que a mí aquella mujer me inspiraba simpatía y hasta una especie de ternura, y de algún modo, con mi comprensión y mi dinero, me parecía que también yo estaba colaborando en su redención. Y un día que vino a pedirme sus cinco mil pesetas, en mi afán de demostrarle esos buenos propósitos, en vez de hacer la transacción allí mismo en la puerta, como era ya costumbre, abrí la hoja un poco más y me eché a un lado con una sonrisa invitadora, y eso bastó para que ella traspasara el umbral con sus botitas y sus medias negras y mirase en torno como si hubiese sido transportada por un genio volador a algún lugar exótico. A lo mejor creía que así, con el asombro, es como debía corresponder una señora a tal ofrecimiento. No es que pareciera una niña, es que lo era, una niña vieja y vulgar y corrompida pero una niña al fin. Entonces hice algo que bajo su apariencia protectora escondía el anticipo más o menos velado de una posesión: tras cerrar la puerta le eché una mano por el hombro y pasillo adelante la conduje al salón, y ella se dejó llevar sin una sonrisa ni una frase de cortesía, ni siquiera un susurro, como una niña, con la vista baja y sus pasos a juego con los míos. Serví unas copitas de licor, brindamos sin palabras y nos removimos hasta acomodarnos bien en nuestros asientos.

24

Y ella sabía, cómo no iba a saber, lo que estaba a punto de ocurrir. Conocía de sobra los significados que se cernían sobre el silencio, y hasta las frases exactas que ya empezaban a quemarme en los labios. ¿Me permitiría confesarle algo a lo que no me había atrevido nunca, a ella, que tan aficionada era a los secretos al oído? ¿Sí? ¿Podía, me dejaba? Ella dio un sorbito y se quedó con los labios fijos en el sabor. Evité cuidadosamente la palabra «guapa» y usé «excitante», «seductora», «sensual», «hechicera»..., sabiendo de sobra que aquellos halagos, como pasa casi siempre con los halagos, no los ofrecía gratis sino a crédito, y cuando ya no encontré más palabras no se me ocurrió otra cosa que darle unos golpecitos en el hombro (estábamos los dos en el sofá), y ella se echó a reír y fingió caerse hacia atrás, y cuando se incorporó yo le di otro golpecito y ella otra vez atrás y así cinco o seis veces, parecía un tentetieso, hasta que en una de ésas la ayudé a caerse del todo y yo con ella y sobre ella, y entonces le busqué la boca y le metí la mano debajo de la falda y le dije con voz trémula y bruta lo buena que estaba, lo golfa que era, lo cachondo que me ponía y la de marranadas y zorrerías que me inspiraba. Y ella se dejaba pero se resistía, sí pero no, aquí una risa y allí un gritito o un suspiro de contrariedad, estate quieto, ahí no, quítate que me asfixias, mira que si entra ahora tu mujer, escabullendo el cuerpo y ofreciéndolo fugazmente a veces, hasta que al final todo quedó en una masturbación rápida, precisa y eficaz.

Mire, yo creo que el asco está siempre cerca del

deseo. Son como el ciego y su perrillo. Así que enseguida me sentí avergonzado y asqueado y para remediarlo le eché un pequeño discurso moral. Le afeé su adicción al juego y a los bares, su forma tan provocativa de vestir y pintarse, su afición a la maraña y al comadreo, sus carcajadas sin ton ni son. Mi voz era serena y mi pronunciación muy castellana. No sé, me expresaba con tanto esmero que yo notaba cómo el habla se iba manchando de escritura. Ella frunció la boca y, con la vista baja, daba sorbitos de licor. No, no estaba bien aquella doble vida que llevaba a espaldas del marido. Yo la comprendía, sí, pero ella debía poner en su conducta algo de orden, un poco de coherencia, de discreción, de buscar alternativas a su vida un tanto disoluta... ¿Por qué no aprendía idiomas o iba a clases de yoga o se apuntaba a un coro? ¿Por qué no se sacaba el graduado escolar? Hablé incluso de prestarle libros, de iniciarla en lo elemental de la cultura, ese mundo noble y apasionante como no habrá otro. Sentía cómo los labios y la lengua se me iban poniendo gordos con aquellas palabras fariseas. Y según hablaba y le mentía con la verdad, ella empezó a ponerse triste y a cabecear y a hacer pucheros. Y hasta se le saltó una lágrima que se le quedó encenagada en el rímel. Pero también y sobre todo había en ella impaciencia por recibir las cinco mil pesetas que yo le di al final, acompañadas de un último párrafo edificante.

Desde aquel día, llegamos a un acuerdo tácito: todos los meses yo la magreaba un poco y ella me hacía una paja, y luego le daba las cinco mil pesetas y le echaba un discurso moral. Ésos eran mis réditos. El asco me empujaba al desprecio y a la moralina, pero el deseo me llevaba a consolarla de la tristeza que le causaban mis reproches. Salvo una vez al mes, que la trataba como a una puta, los otros días la saludaba y trataba con respeto y finura, como a una gran señora.

Eso fue lo que me pasó a mí con esa mujer, cuyo nombre, por cierto, se me olvidaba decirlo, era el de Micaela. Pocos meses después, como ya le dije, nos mudamos a un piso en propiedad, y durante un tiempo dejé de verla, salvo de lejos y a voces y a aspavientos. Hasta que un día...

Pero, antes de seguir, permítame una reflexión. ¿Sabe usted? Yo creo que el poder es muy fácil, que está ahí, disponible para quien no le haga ascos y quiera meter en él las manos. Hasta donde le quepan. Y si te atreves a traspasar la raya, ya tienes mucho camino andado hacia el poder. Me miraba al espejo y ¿qué veía? La tristeza y el tedio del ave de rapiña en la jaula. «¿Y así siempre?», me decía. «¿No habrá en mí una fuerza interior que, como los genios de las lámparas mágicas, esté aguardando la ocasión de ofrecer sus prodigios a quien se atreva a liberarla?» Y eso sin contar lo que el poder tiene de seductor, y a cuya llamada todos sucumbimos, unos unas veces y otros siempre.

De modo que un día que iba caminando por un barrio distante del mío, ya casi al anochecer, en una calle solitaria estaba ya a punto de darle alcance a un tipo bajito y menudo, cuando de repente me dije: «Venga, atrévete, aunque sólo sea por una vez, y a ver qué pasa». Unos días antes, un domingo, me había pasado algo parecido. Fue como una inspiración. Al cruzarme con una vieja corva y enlutada, que venía muy deprisa, le dije en voz baja pero muy clara, y sin haber pensado antes en lo que iba a decir: «¿Adónde vas, malvada, si hoy no abren las casquerías?». Y ella se encogió en sus lutos y aceleró el paso, el terror en la cara, sin atreverse ni siquiera a mirarme.

Pero esta vez mi audacia me llevó más allá. Me puse a la altura del hombrecillo, hombro con hombro, como si hiciéramos pareja, y así fuimos un rato, hasta que el otro notó la anomalía y me miró un poco de reojo, no sin cierta aprensión. «¿Qué miras?», le dije. «¿Es simple curiosidad o es que estás defendiendo con la mirada tu territorio de peatón?» «¿Cómo?», dijo el hombrecillo, echándose atrás con un repente espantadizo de asombro. «¿De qué te escandalizas ahora cuando hace un instante me mirabas como a un advenedizo o a un rival? ¿Es que andas con ganas de camorra?» Y el hombrecillo: «¿Yo? No, mire, perdone, yo iba por mi sitio y no he dicho nada, ni me he metido con nadie ni le conozco a usted. Soy un modesto funcionario y padre de familia que vuelvo a casa después del trabajo, como todos los días». Y yo: «¡Qué barbaridad! ¡Con qué elocuencia y ardor has intentado rebatir mis palabras! Si de verdad eres inocente, ¿por qué tanto empeño en tu propia defensa? ¿A qué tanta palabrería? Conozco muy bien a los tipos como tú. Apenas tienen ocasión, enseguida se ponen a protestar y a absolverse por adelantado de toda culpa y a presumir de humildes y trabajadores. Formáis, todos vosotros, un gremio realmente extravagante».

Y es que no hay mejor arma que unas cuantas frases intrincadas para confundir y sojuzgar al prójimo. Y el otro, con la voz en un hilo: «Lo siento, no le conozco. Me espera mi familia y tengo prisa», e intentó virar hacia la otra acera. «¡Alto ahí!», grité yo, y lo agarré bien fuerte del brazo y lo miré con cejas de lumbre. «No creas que vas a arreglar las cosas diciendo en pocas palabras lo que antes ya dijiste con más de las precisas. ¿Es que vas a repetir siempre lo mismo? ¿Me tomas por idiota? Hago yo un largo razonamiento y a ti sólo se te ocurre escabullirte con un balbuceo. También yo soy una persona honrada, y tengo familia y llevo prisa. Razón de más para dejar cuanto antes resuelto este conflicto. Mira, ahí hay un descampado donde podemos zanjar nuestras diferencias sin que nadie nos moleste.» «Está usted loco.» «Déjate de tópicos y subterfugios. Quizá con otros tengas éxito, pero conmigo has encontrado, como suele decirse, la horma de tu zapato.» Y apretándole el brazo con toda mi fuerza lo llevé a trompicones hacia el descampado que, efectivamente, había allí mismo. «No sea usted cruel», imploró. «¿Cruel? No digas chorradas. Frente

29

a cualquier pequeña alimaña, incluso frente a muchos insectos, tú y yo somos hermanitas de la caridad.» «Déjeme ir, por favor, se lo suplico, déjeme ir a casa con los míos. Tengo un hijo de dos años que se llama Jaime. Y mi mujer se llama Teresa. Perdóneme si le he ofendido. Le daré todo lo que tengo, el dinero, el reloj, el anillo, todo, pero déjeme irme», no paraba de decir aquel hombre.

Apenas entramos en lo oscuro y silvestre empecé a darle pescozones y rodillazos en el culo, mientras le decía que a mí no me interesaba su dinero ni su reloj sino sólo él, porque él era mi botín, él el respetable ciudadano y padre de familia al que yo andaba buscando hacía ya tiempo, y venga darle golpes y patadas, hasta que en una de ésas el hombrecillo consiguió zafarse y escapó a la carrera gritando y aspando los brazos hacia lo civilizado de las luces. Por mi parte, también yo salí huyendo y casi pidiendo socorro en dirección contraria.

¿Le parece absurdo, además de cruel? ¿Le escandaliza ese acto gratuito o estúpido de violencia? Y sin embargo era sólo un juego, en el fondo algo cómico, casi cosa de niños. Pero, en pequeña escala, he ahí el mapa aproximado de lo que es el poder. El poder es algo mágico, sobrenatural, tanto para el que lo ejerce como para el que lo recibe, lo sufre y a veces lo disfruta. No voy a teorizar sobre esto por mi aversión hacia el lenguaje abstracto, pero le pondré otro caso, para que vea hasta dónde llegan las maravillas del poder.

Hace ya tiempo, recién mudados al piso en propiedad, ocurrió que yo estaba esperando una carta muy importante, y cuya existencia, por razones que ahora no vienen al caso, mi mujer de ningún modo debía conocer. Desde luego, no había la menor garantía de que esa carta llegase pronto, o incluso a medio plazo, a mi poder. Pero, en mi esperanza, yo creía que su llegada era inminente.

Era verano, tenía más tiempo libre del habitual, y entonces me dio por acechar al cartero y estudiar su itinerario y sus costumbres, y como siempre viniese de vacío para mí, un día le comenté, como sin darle importancia, e incluso adoptando un tono algo festivo, que iba siendo ya raro el silencio epistolar que últimamente se había creado en torno a mí. «Una de dos», le dije, «o nadie me escribe (lo cual significa que cuarenta millones de compatriotas, por no hablar del resto de mis congéneres, me vuelven ostensiblemente la espalda, cosa que desafía las leyes de la probabilidad), o bien el servicio de Correos se ha confabulado contra mí. Otra explicación yo no veo, y las dos son terribles.»

El cartero, que debía de ser suplente o interino, era un joven de barba cerrada y gafas de concha, y de una seriedad comparable sólo a su eficiencia, que era mucha. Tras una profunda reflexión me dijo: «Créame, no sé qué contestarle». Crecido por su aturdi-

miento, me recosté contra los buzones y sonreí bené-
volo. Muchos siglos de ejercicio postal han hecho de
los carteros hombres serviciales y, sobre todo, inofen-
sivos. Uno los mira con codicia (por lo que represen-
tan de la vieja servidumbre) y con simpatía (porque
con su humilde diligencia recuerdan que todavía el
orden es posible en el mundo). Van uniformados,
pero su uniforme nos conmueve más que nos atemo-
riza, y ya se sabe que el uniformado inspira miedo o
admiración, y a veces desprecio, pero más raramente
afecto o gratitud.

Por eso no es extraño que, recostado ventajosa-
mente en los buzones, me atreviese a extender una
mano y a retocarle las solapas del uniforme. Entonces
le eché un pequeño discurso. Sí, es cierto, me gustan
mucho los pequeños discursos. Le hablé primero de
sus ancestros, de cómo se organizaba la mensajería en
el imperio del Gran Kan. Cada mensajero llevaba un
grueso cinto reforzado de campanillas para anunciarse
a su paso. Galopaba no más de cinco kilómetros, y antes de llegar a la posta, el otro mensajero, que oye el
rumor, se prepara ya para el relevo. Además eran por-
tadores de salvoconductos que les permitían incau-
tarse de cualquier animal o medio de transporte si se
veían privados del suyo. En caso de urgencia usaban
una trompa, que se oía de muy lejos y les aseguraba
tener listos caballos de refresco, y todo cuanto necesi-
taban para llevar a cabo su mensajería. Cabalgaban incluso de noche, con un sirviente de a pie que con una
antorcha iba a la carrera despejando el camino.

Todo eso lo había leído de adolescente en *Marco Polo*, y por alguna otra lectura que no me acuerdo también le conté algo de los mensajeros incas. Cada media legua había una posta, y en cada una dos indios con sus mujeres. El relevo tenía lugar así: el que venía corriendo (allí no había caballos) trasmitía a voces su mensaje en los últimos treinta o cuarenta metros del trayecto, que oído y memorizado por el otro salía a su vez corriendo a la próxima posta, dejando atrás, por cierto, a su mujer, y así sucesivamente, de modo que al cabo del día quedaban todos desparejados y revueltos.

El cartero escuchó todo muy atento, con sus barbas y sus gafotas concentradas en la narración. Pero desde entonces habían cambiado mucho las cosas. Los tiempos heroicos habían pasado, y en cuanto a los mensajeros de hoy..., y ahí dejé correr la frase al albur del oyente.

«Verá», dije al ratito, «ustedes, los funcionarios de Correos, tienden a creer que son meros distribuidores del género epistolar. Dan por hecho que su actividad es neutra, y no influye en el proceso comunicativo, que sus obligaciones no van más allá de ese humilde eslabón. Según eso, el hecho de que yo no reciba carta nada tiene que ver con ustedes sino con la sociedad, o con el destino, o con el azar, o con alguna de esas grandes palabras cuya inoperancia todos conocemos. Fíjese en lo que le digo. Quizá aquellos antiguos que mataban al mensajero portador de malas noticias y premiaban en cambio al que las traía buenas no iban tan descaminados como vulgarmente se piensa.

Sobre esto de la inocencia o no de los mensajeros habría mucho que decir. Ya sé que ustedes, los modernos, se consideran a salvo de sospechas, y quizá no les falte razón. Pero, así y todo, en nombre del buen hacer del cuerpo de Correos, y de su noble tradición, yo le ruego que acoja mi propuesta, y la haga suya, e intente algo en mi favor. Ahora bien, si cree que soy injusto en mi demanda», y otra vez empecé a repasarle las solapas, y hasta me permití acariciarle la barba, tal era ya mi ascendiente sobre él, «si piensa que mi problema no es el suyo, entonces, no se hable más. ¡Márchese! ¡Tome su carrito y siga su camino! En fin, que usted verá qué parte de responsabilidad, en lo tocante a mi problema, ha contraído conmigo el cuerpo de Correos», y seguro de mí, lo miré como el búho cazador, que cae sobre su presa con la mirada antes que con las garras. Y él bajó la cabeza y se ruborizó.

Y ahora escúcheme bien y maravíllese. Al día siguiente abrí el buzón y allí estaba la carta que esperaba, con todos sus lacres, sellos y matasellos, signos manifiestos del prodigio que había obrado el poder.

Pero, fuera de estos pequeños y fulgurantes éxitos que le he contado, el poder no es tan fácil. Al menos para mí. Si para el bien mis cualidades eran pocas, para el mal no eran tampoco muchas. Unas con otras se contrarrestaban, y todo quedaba al final en un triste empate.

Y en cuanto a Micaela, aquella vecina de las cinco mil pesetas, prepárese para otra maravilla. Un día la vi en la calle, muy retoñada de lutos nupciales. Había enviudado y rejuvenecido, y sobre todo había ganado en porte y dignidad. Tentado de nuevo por la carne, indagué entre el vecindario y así llegué a saber que había hipotecado en secreto la tumba que ella y su esposo habían comprado en propiedad y que no tardó en perder el dinero en el bingo y en las tragaperras. Cuando poco después murió el marido, tuvo que enterrarlo en una fosa de caridad. ¿Y sabe lo que hizo entonces? Se prostituyó. Se convirtió en puta de verdad, y no paró hasta recuperar la tumba y poner en ella el cuerpo del esposo.

Yo me sentí como redimido por aquel acto heroico, y derramé algunas lágrimas, y ese mismo día compré unas flores y se las envié con una nota anónima donde decía: «Tu más indigno admirador».

Pero volvamos al principio. Uno habla y habla, y los recuerdos y ocurrencias se van enredando unos con otros y no hay manera de encontrarles el fin. ¿Se acuerda de Óskar y su anuncio, donde pedía un asistente para acudir a una manifestación contra la guerra de Irak? Pues al leerlo ya sabe usted lo que sentí: una oleada purificadora de emoción, de culpa, de inocencia, de cordialidad universal. De pronto regresaba aquel impulso placentero de darme al prójimo, de hacer mías sus desdichas, de convertirme poco menos que en bienhechor de la humanidad. Por otra parte, yo estaba también contra aquella guerra, que ya entonces, estoy hablando de febrero de 2003, parecía inevitable. La Historia se disponía a parir y ya se oían los gritos de terror y de júbilo. Había ruidos proféticos. En la base aérea de Rota los americanos estaban construyendo barracones a marchas forzadas, y yo me decía: «Todos esos martillazos, toda esa clavazón, ¿qué puede anunciar sino el tronar ya inminente de los cañones?».

En la memoria se me mezclan las fechas, las imágenes. Ahora mismo recuerdo a un hombre que, en uno de los primeros bombardeos sobre Bagdad, había sobrevivido a la muerte de todos sus seres queridos, quince en total. Y aquel hombre decía: «¿Sobre cuál de los quince féretros lloraré?». Eso fue el 1 de abril, pero lo que no consigo recordar es el día exacto de la reunión de las Azores, y de aquella foto en que aparecían Bush, Blair y Aznar. A mí aquello me sugirió esas jerarquías que rigen en las sabanas africanas, donde del búfalo abatido primero come el león, luego la hiena, luego el chacal, y detrás va el buitre, el cuervo, la corneja, el grajo... Bush era el león, Blair la hiena, y Aznar qué sé yo, supongo que el buitre o la corneja. Pero los tres representaban a tres Estados, a tres países, y ya se sabe que donde el mero particular carece de razones para matar y destruir, la tribu no sólo las encuentra sino que las exalta. Es más, hace de ellas un motivo de cohesión, una leyenda, un poema épico, una razón de ser. Por otra parte, tampoco un particular podría aducir en su favor términos como «Dios», «Patria», «Destino», «Raza», «Civilización»... Su tiempo, el del particular, es otro, y otro su vocabulario. Hay palabras sagradas que sólo los Estados y las masas pueden usar, que sólo pronunciadas a coro pasan por verosímiles. Así que allí había otro ruido premonitorio: el tan-tan de la tribu tocando a rebato.

Y sí, yo estaba contra la guerra, pero todos los días ponía la televisión con la sucia y secreta esperanza de que comenzase de una puta vez el espectáculo del horror.

Pero volvamos a la historia. Esa misma mañana llamé a Óskar. Me salió una voz paternal y sedosa: «¿Óskar?». «Sí.» «¿Eres Óskar?» «Sí, Óskar.» Era una voz seca, y algo huraña, pero en todo caso aplomada, demasiado aplomada, pensé, para un impedido. Yo esperaba otra cosa. No sé, quizá una voz que fuese también en silla de ruedas, una voz minusválida, necesitada igualmente de ayuda.

Pero no: Óskar tomó de inmediato la iniciativa y empezó a interrogarme. Al parecer tenía varios aspirantes y yo era sólo un candidato más. Me preguntó la edad, el barrio, la condición física..., y entre pregunta y pregunta hacía una larga pausa, como si evaluase la respuesta o la tomase por escrito. Aquello parecía una entrevista de trabajo. Quedó en llamarme en breve.

Y llamó. De entre todos, yo era el elegido. Me dio lugar y hora, y ya de entrada me extrañó que me citase a las seis de la tarde, cuando la manifestación comenzaba a las cinco. Pensé en no ir, pero desatendí la voz del orgullo en nombre del deber cívico que había contraído con aquel pobre inválido. «Hay que hacerlo, tienes que hacerlo, y cualquier otro intento es una indignidad que te acompañará ya siempre», me dije mientras me dirigía a casa de Óskar. Antes de pulsar el timbre me puse la pegatina de «No a la guerra» en la solapa del abrigo y compuse un semblante entre solícito y jovial. Él mismo abrió la puerta, ya listo para emprender la marcha. Sin más cortesía que un breve apretón de manos –ni una palabra de gratitud, ni una sonrisa, ni una mirada de reconocimiento– bajamos en el ascensor y salimos a la calle. Óskar manejaba la silla con un virtuosismo que tenía algo de exhibición deportiva y que me arrebató de inmediato el papel de guía para convertirme en un espectador y casi en un estorbo.

Era un joven de unos treinta años, robusto, y con una expresión cerrada que yo no sabía si interpretar como un rasgo de deficiencia o de carácter. Llevaba un anorak negro, un gorro azul de lana, una bandera plegada en el regazo y una mochila al hombro. Yo había pensado tomar uno de esos taxis habilitados para minusválidos y acercarnos lo más posible a la cabeza de la manifestación, donde irían los famosos, pero aquel plan ya no tenía sentido a tales horas. Me incliné obsequioso para hablarle en la oreja: «¿Qué hacemos? ¿Tomamos un taxi?». Él negó enérgicamente con el dedo. «Ya te indico yo», dijo, y me señaló una callecita lateral. Yo empecé a empujar y él encendió un cigarrillo, se puso unos auriculares y con las manos y el busto iba llevando levemente el compás.

Lo que pasó después lo recuerdo como un sueño, o por decir mejor como una pesadilla, sin muchos detalles pero con la misma sugestión de absurdo y angustia que sufrí entonces. Siguiendo sus indicaciones, nos metimos por un laberinto de calles secundarias. Dos o tres veces me pareció que pasábamos por el mismo lugar, y ahí empecé a pensar si aquel joven no padecería algún tipo de retraso mental y si no era yo quien debía imponerme a sus caprichos, tomar la iniciativa y poner fin a aquella expedición. Porque quizá Óskar había actuado a espaldas de sus padres, escapándose de casa y haciéndome cómplice de la fuga, y quizá ahora mi misión consistía en devolverlo sano y salvo a su hogar. Pero él parecía muy seguro de sí. «¡Más aprisa!», me ordenaba a veces, o más despacio, o párate en esta esquina, o entra un momento en ese bar, y en una de ésas yo me incliné y le dije a voces: «Pero ¿adónde vamos por aquí?», y él, sin quitarse los auriculares, gritó: «¡Tú empuja, joder, y no preguntes tanto!». Más que furioso, me quedé atónito. Pero ¿qué podía hacer yo? ¿Abandonarlo allí mismo a su suerte? ¿Encararme con él por su insolencia y despotismo? Así que seguí empujando y empujando por aquella maraña de calles, cada vez más cansado y desmoralizado, y al cabo de una hora o cosa así, me ordenó entrar en un bar cercano a la Gran Vía. Porque sólo entonces logré orientarme en lo intrincado de aquella caminata.

Y esta vez Óskar sí encontró al parecer lo que andaba buscando. En el bar había otra silla de ruedas (esta, por cierto, tuneada, con todo tipo de mejoras estéticas), otro impedido, otro voluntario con la misma cara de agotamiento y desamparo que yo. Se saludaron nada más verse y, prescindiendo de nosotros, hicieron un aparte al fondo del local. Pidieron unos cubatas de coñac y se pusieron a hablar y a enredar en sus mochilas y a manejar los móviles. Nosotros, entre postergados y liberados, nos juntamos en la barra y pedimos también algo fuerte para beber. Parecíamos los escuderos de aquellos dos extraños caballeros rodantes.

Mi compañero de fatigas era un hombre joven de aspecto espiritual. Su delgadez, su barbita en punta, sus manos pálidas y como líricas, su mirada errante, todo invitaba en él al misterio y a la melancolía. Estaba allí por lo mismo que yo: un anuncio, una punzada de mala conciencia, una llamada telefónica de solidaridad. Se llamaba Diego o Daniel, no me acuerdo, y parecía abrumado por algo que poco a poco, según los tragos le iban desatando la lengua, se puso a contar en un tono vacilante de asombro, como si hablase de un confuso y remoto acontecer. Aunque tampoco había mucho que contar. Su historia valía más por lo patético del narrador que por la acción misma.

Aquel hombre era músico. Para acreditar lo innato de su talento, se remontó a la infancia. Su familia creía al principio que iba para místico, porque a veces

40

se quedaba extático, como si viese algo en el aire, hasta que se supo que en realidad lo que veía era algo así como un espectro sonoro, que iba tomando la forma de un motivo, de un ritmo, de un sonsonete, de un canturreo cualquiera. Estaba estudiando o jugando y de pronto la mente se le llenaba de música. Eso, en lo que atañe a la parte legendaria de la memoria. Por lo demás, era sin duda un hombre de valía, con una gran capacidad para la composición, porque muy pronto empezó a tener éxito y a hacerse un nombre en el mundillo de la música. Lo mismo creaba una canción de moda que un estribillo publicitario, o un tema para una película, o un himno, o un efecto sonoro, aunque lo mejor de su obra, lo serio y perdurable, lo iba haciendo despacio y en secreto.

Y bien. Éste era el grueso de la historia. Pero un día, de pronto, perdió la inspiración. «¿De pronto?» «De pronto», y cabeceó admirado de sus propias palabras. Una mañana, al despertarse, se dio cuenta enseguida de lo que había ocurrido. Igual que el don le sobrevino sin que él lo llamara, ahora se le había ido sin pedir permiso. Imposible hilar cuatro notas con gracia, o al menos con sentido. Nada, lo que se dice nada. La frescura y abundancia de antes eran ahora un secarral, un continuo toparse con la ineptitud más absoluta.

De eso hacía ya más de dos años, y en ese tiempo había perdido, junto con el talento, la novia, los amigos, la prosperidad, el prestigio, la paz del espíritu, el propio sentido de la vida... Todo y todos lo habían abandonado. El mismo se había abandonado, incapaz de encontrar el camino que lo devolviera al esplendor de entonces. Y era verdad, porque en el curso de su relato yo me había fijado en los pequeños signos de miseria o de mera desidia que confirmaban sus palabras. Habló de sus composiciones (y hasta solfeó alguna que, en efecto, yo había escuchado muchas veces sin saber dónde), de los premios y homenajes que había recibido, de sus viajes, de... Pero, sobre todo, y esto era lo que más hondo le dolía, me habló de su obra secreta y perdurable, que había quedado arrumbada desde aquel día funesto en que se despertó convertido en un paria.

Para entonces, era ya de noche, y al fondo los dos tullidos seguían también bebiendo y hablando de sus cosas. Nos quedamos un buen rato callados, inmersos en la atmósfera de aquella historia de perdición que a mí, la verdad, me era del todo indiferente, cuando de pronto Óskar dio una palmada en el aire y, con un violento empellón, echó a rodar la silla, con el otro a la zaga. «¡Cagando leches!», gritó al pasar ante nosotros.

Entre la tristeza del uno y el desenfado y la prisa de los otros, me tocó pagar todas las consumiciones, y de nuevo a empujar. Pero ¿hacia dónde y con qué objeto? Con el frío de la noche se habían levantado jirones pordioseros de niebla, y por allí fuimos pere-

grinando hasta desembocar en las anchuras y lumina-
rias de la Gran Vía. Entonces, sin saber cómo, nos vimos envueltos en un tumulto callejero. De repente estábamos dentro de una gran gritería y de una mediana
muchedumbre, y enfrente, a unos cien metros, una
apretada hilera policial que avanzaba hacia nosotros
con los escudos por delante. Y en ese espacio franco
iluminado a rachas por bengalas caían y resonaban
todo tipo de objetos –sillas, piedras, botellas, vallas
metálicas, cubos de basura, papeleras en llamas, botes
de humo–, una tierra de nadie que tan pronto se es-
trechaba como se dilataba, porque si los de la parte
contraria avanzaban en orden, despacio pero con determinación, nuestro bando tan pronto hacía una es-
caramuza ofensiva como se retiraba a la carrera, resta-
bleciendo las distancias. Y otra vez se apretaba y se
hacía fuerte con consignas y cánticos.

Muchos iban enmascarados con pañuelos o pasamontañas, otros llevaban en el rostro pinturas de
guerra, y casi todos esgrimían cadenas, bates de béisbol,
cachiporras. En cuanto a Óskar, a gritos y con gestos
de loco me obligaba a participar en aquellas opera-
ciones de ataque y de repliegue. Y no sólo Óskar sino
también y sobre todo el propio empuje de la muchedumbre, que me exigía ceder a las oleadas de sus ma-
niobras. Corría a todo trapo empujando la silla, y un
momento después la hacía girar violentamente al
compás de los otros para salir disparado en dirección
contraria. Y llegó un momento en que corría a ciegas
porque, además del humo, había algo que flotaba

ante mí y me cerraba a veces la visión. Y era la bandera que había desplegado Óskar y que agitaba con enorme vigor, haciéndola volar y tremolar sobre su cabeza ahora sin gorra y rapada al modo de otros muchos de sus conmilitones. Vi entonces que aquí y allá ondeaba un águila, una esvástica, un yugo, una calavera. Y pancartas a favor de la guerra. Tiene huevos, ¿eh? Porque el tal Óskar y toda aquella tropa estaban allí manifestándose contra los pacifistas. Discretamente, me arranqué la pegatina de la solapa del abrigo y, por instinto solidario, busqué al músico entre la multitud. Ni rastro de él ni de su pupilo.

¿Qué hacer? Mientras ideaba el modo de escabullirme, con Óskar o sin él, ocurrió lo inevitable. La policía cargó contra nosotros. Nos disgregamos en todas direcciones y yo tomé hacia la plaza de Callao, con la esperanza de que el inválido me sirviera de salvoconducto. A él no, pero a mí me dieron un vergajazo en las costillas que me obligó a correr y a empujar como un cabrón mientras Óskar sacaba de la mochila un tirachinas con una gran horquilla metálica, y unas veces de frente o a los lados, y otras girando el torso para disparar a sus espaldas, se puso a lanzar bolas de acero contra todo blanco digno de su furor. Parecía John Wayne contra los indios en *La diligencia*. En el curso de aquella frenética carrera rompió o averió ocho escaparates, cuatro farolas, dos cabinas de teléfono, dos altos ventanales, un quiosco de prensa, otro de ciegos, tres letras de un anuncio luminoso de Coca-Cola, seis parabrisas de automóviles, un foco de televisión, además de descalabrar a un policía, a un limpiabotas sentado en un taburete a la puerta de un cine y a un caballo municipal.

Y luego... Recuerdo que al cruzar por una callecita en cuesta, adoquinada, no lo pensé un momento. «¡Vete al infierno, hijo de puta!», le grité, y tomando un poco de carrerilla lo empujé hacia abajo con toda mi alma. ¿Y qué cree usted que pasó? Lo vi bajar en zigzag, despendolado y fuera de control, pero entonces puso en marcha el motor y, con un ruido del demonio, porque aquello iba a escape libre, se dio la vuelta derrapando sobre una rueda y embistió calle arriba hacia mí. Alcancé a la carrera la esquina, me metí en un portal y desde allí lo vi salir a la Gran Vía con el motor petardeando a tope y perderse entre el cisco de gritos, sirenas, humaredas y persecuciones.

Eso, en cuanto a Óskar. Por mi parte, seguí en el portal hasta que acabó el disturbio y el campo de batalla quedó franco. Atravesé la calle sorteando despojos y cenizas calientes. Y ahora escúcheme bien y admírese de lo esotérico que es esto de vivir. En toda aquella avenida solitaria de pronto vi al músico parado en una esquina. Estaba de pie, completamente ido, y con una cara celestial de felicidad, como cuando era niño y se quedaba absorto en las alturas. Lo llamé y no respondió. Era como si viviese en otra dimensión. Un poco a la fuerza, lo fui llevando del brazo hacia lugar seguro. Y él caminaba como sonámbulo, o como si fuese sobre las aguas, sin atender a mi presencia, con la vista puesta en algún punto incierto del vacío.

Luego, con palabras también erráticas, me lo contó. En la refriega, había perdido a su pupilo y él se quedó sin saber qué hacer ni adónde ir, quieto en medio de las hostilidades. Entonces alguien le dio una hostia, con perdón, y él sintió que su cuerpo emitía una nota musical, y luego le dieron otra hostia y él emitió otra nota, y cuantas más hostias le daban más notas brotaban de su cuerpo, y él las oía agrupadas, sinfónicas, y sentía cómo toda su maravillosa fauna sonora cobraba vida nuevamente, y así, por pura casualidad, en un momento recuperó la inspiración.

Y en cuanto a mí, allí acabó una vez más mi intento de convertirme en un hombre ejemplar.

¿Qué hora es? Por un momento me pareció que ya había amanecido, y hasta oía gritos de niños y rumores de tráfico. Debió de ser la queja de un enfermo o una camilla que pasaba por el corredor. O quizá es que me he dejado dormir sin darme cuenta. ¿Es jueves hoy? ¿Estamos en octubre? A veces, todo lo que toco se me convierte en irreal. Pero eso nos pasa a casi todos, ¿no cree usted? Diríase que somos hijos legítimos de la realidad y bastardos de la ficción. Le pondré un ejemplo: el amor. ¿Usted ha conocido el amor? Yo no, salvo una vez en la adolescencia, y otra vez hace sólo unos meses, cuando lo entreví como quien quiere distinguir algo al fondo de un abismo. En mi vida ha habido cuatro o cinco mujeres y, al cabo de los años, ahora que ya se puede hacer balance, debo decir que todas ellas han sido fantasmas, siluetas, sueños, sombras fugaces... Sí, eso ha sido el amor para mí. Vivir una breve ilusión y sufrir luego, ya para siempre, la nostalgia de lo que ni siquiera llegó a ser.

¿Le he contado que estoy casado? Pues sí, llevo casado muchos años. Mi mujer se llama Inmaculada y es la persona más sigilosa que usted se pueda imaginar. A veces me levanto con objeto de consultarle algo, la llamo, la busco por toda la casa y no está, se fue sin avisarme. Al ratito oigo su mínimo deambular por una habitación remota. «¿Dónde estabas, que te busqué y no te vi?» Y ella: «Aquí», dice, y el eco repite: «¿Dónde si no?». Quizá la casa tiene pequeños espacios donde la realidad no llega en toda su crudeza. Espacios en los que uno no repara, lugares vírgenes no colonizados aún. Y quizá hay personas con un especial don para detectarlos y habitarlos. Hay gente que pasa desapercibida, y a lo mejor lo mismo ocurre con esos espacios, que se defienden de ser ocupados tornándose humildes o vagamente inhóspitos...

Pues en esos lugares es donde mi mujer se embosca a veces. Tú la llamas y puede que el sonido llegue a ella, pero también puede que no. Desde donde ella está quizá las palabras cercanas se confunden con los ruidos lejanos de la calle. O una extraña flojera mueve a no responder, cosa por otro lado nada rara, porque cuántas veces no habremos sentido la tentación, y el placer, de no contestar a quienes nos llaman con voces apremiantes y llenas de cariño. No comparecer ante el amor: he ahí una poderosa razón para el silencio. Y si a eso unimos el sufrimiento que el hombre suele causarle a la mujer, veremos que el hallazgo y la ocupación de esos lugares mágicos donde uno está a salvo como en ciertas casillas del parchís haya correspondido a las mujeres, que a falta de otra épica han conquistado territorios ignotos del ámbito doméstico. Y sin embargo, tan sigilosa como es, cuando sale a la calle con sus tacones y toda su bisutería y su cosmética y su bolso lleno de cachivaches y todos sus otros artificios de seducción, arma un ruido enorme, parece una caballería... ¡Pobres, pobres mujeres!

En estos y otros vagos ensueños he ocupado durante años mis ocios de varón. Porque me gustan los ensueños. También me gusta pensar, pero yo creo que los mejores pensamientos son los que llevan en su zurrón un poco de poesía o de locura, y como ése no es mi caso, lo más que hago es poner la mirada en lontananza, leer a los filósofos y novelistas, elaborar reflexiones a costa de la lectura, seguir el curso de una idea hasta su disolución final. En casa, suelo vestir con bata y zapatillas, y no lo digo por decir sino porque, a pesar de lo silencioso de mi indumentaria y de lo pacífico de mis costumbres, a veces soy un ser en extremo ruidoso. O eso al menos dice mi mujer. «¿Por qué haces tanto ruido?» «¿Ruidos yo?» «No te puedes ni imaginar lo ruidoso que eres.»

Porque fue ella quien me hizo reparar en mi sonoridad, igual que yo a ella en su sigilo. Uno, ya se sabe, a sí mismo se conoce bien poco. ¿Qué sabe uno de su propia cara? Por más que te sea familiar, en el fondo te será siempre extraña. Si ante el espejo y con la mano en el corazón te preguntas: «¿Ese de ahí soy yo?», verás que, aun diciendo que sí, el tono está sustentado en el terror metafísico de la obviedad. Dirás que sí, pero tu alma temblará ante la evidencia. Y lo mismo pasa con el nombre. Soy Fulano, decimos para presentarnos, como si el nombre añadiera a nuestra presencia algo más que el adorno de un cascabel, del colorín de una pluma en el pelo. Ya decir «yo soy» es ir demasiado lejos. Ahora imagínese que alguien dice: «Yo soy Ambrosio», y juzgue usted misma el tamaño de la alucinación.

Pero yo no quiero filosofar sino hablarle de mi condición sonora, de la que ni yo mismo soy consciente. Al parecer, a veces hablo solo, quiero decir que pienso en alto, y me embravezco con el discurso e incurro en quejas y denuestos. Al escribir algo, una factura o una carta comercial, porque soy comerciante, no sé si se lo he dicho, puede ocurrir que con el ardor rasgue el papel, y que al buscar en la mesa un rotulador para encuadrar o subrayar, aparte libros y agendas y provoque derrumbes, y que blasfeme, y que al ver que el desorden que me rodea conspira contra mi natural armónico y pacífico, arremeta también contra el desorden, y en fin, que al final la escritura me deja agotado, la bata desceñida, esparcidas las zapatillas, las pilas de libros derruidas, y yo lleno de rabia y con ganas de compartir la culpa del desastre con alguien que me quiera y sepa ver lo que hay en cada súplica velada de suplicante acusación. Si no hablo en alto al pensar, mis manos y mis pies se encargan entonces de la banda sonora. El pensamiento parece todo él un grupo musical que interpreta una rumba. A veces me pregunto: «¿Qué será lo que realmente pienso yo en esos arrebatos sinfónicos?».

Además, rechino los dientes. Y me paseo por la habitación, y como tengo manías, debo tocar ciertos objetos, y rectificar su posición, para no atraer sobre mí alguna catástrofe. Si me duermo un poco, ronco. En fin, que ésa es mi estampa hogareña, según la pinta mi mujer.

A veces me pregunto si nos queremos, o mejor dicho, si nos hemos querido alguna vez. Yo creo que no, pero cómo saberlo, cómo distinguir algo en el oscuro abismo de los sentimientos. Hay días, instantes, que me dan ganas de quererla. Un súbito acceso de ternura me convierte de pronto en el ángel que va a anunciarle algo a María. Pero María no está. No la encuentro por ninguna parte. Está escondida y resguardada en algún lugar secreto del hogar. Yo la busco, y la llamo, pero mi voz no le llega, y la buena nueva de mi anuncio se desmaya en el aire.

¿Le sorprende que le hable de mi matrimonio en estos términos extravagantes? Pero es que en nosotros casi todo es así. En realidad, somos dos desconocidos, dos extraños que se encontraron y decidieron viajar juntos por no hacer solos el camino. Yo creo que nunca hemos formado una pareja con vínculos sentimentales sino una pequeña empresa de servicios domésticos. Y es que el oficio que no hicieron los sentimientos lo hizo muy pronto la costumbre. Ésa es mi teoría. Ni siquiera tuvimos ocasión de distanciarnos. No, más bien nos fuimos diluyendo en la rutina como dos galletas en el mismo café. Por otro lado, estamos unidos por nuestras peores cualidades –es decir, por nuestras carencias y defectos– y eso de algún modo nos hace inseparables.

¿Y no hubo, se preguntará usted, algún momento romántico, al menos al principio, durante el noviazgo? Sí, también yo me lo pregunto y de nuevo me asalta la irrealidad. No lo sé, pero sí recuerdo, por hablar de algo concreto y no extraviarnos en lo general, cómo era y qué representaba al principio su boca. Sólo su boca. Ella, claro está, la usaba para seducir. Recuerdo sus sonrisas –un catálogo de cuatro, cinco modelos–, sus suspiros, sus mohínes pícaros o inocentes, los labios que al entreabrirse, o al refrescarse con la lengua, o al mordisqueárselos, insinuaban la promesa de placeres sin cuento. Luego, aquella boca ociosa, hecha para el deleite, fue cambiando su función.

Un día me quedé asombrado de la eficacia con que aquella boca masticaba. Y de la precisión con que manejaban los cubiertos aquellas manos hasta entonces también seductoras y ociosas, y hechas para el placer. Sostenía los cubiertos casi verticales sobre el plato, con la punta de los dedos, y cortaba la carne en trozos muy menudos, y lo mismo hacía con las patatas. Luego pinchaba un trocito de cada y se los llevaba velozmente a la boca. Los dientes molían con rapidez y determinación. Muy seria, los labios fruncidos, y toda ella concentrada en lo suyo. En su virtuosismo, cambiaba los pedazos de carne de lugar, o hacía girar el filete buscando el mejor corte, o amontonaba o dispersaba las patatas, según un orden estricto y secreto. Usaba a veces el cuchillo de pala y el tenedor de soporte para manipular las porciones, y no dejaba nunca de masticar y abastecerse, siempre con igual aplicación y competencia. «¡Dios mío!», me dije, «¿qué ha sido de aquella boca gentil y encantadora, de aquellas manos que parecían hechas para el aire?» Y donde digo boca o manos, ponga usted lo que quiera, cualquier parte de su cuerpo, ayer placentero y hoy meramente funcional.

Por lo demás, déjeme decirle, y con esto acabo, que yo prefiero las escenas de sofá a las de cama. Más la picardía que el delito. El aperitivo más que las legumbres. De tarde en tarde, en absoluta oscuridad y perfecto silencio, nos metemos en la cama y vergonzosamente nos apresuramos a hacer el amor, pero luego yo me la casco sin prisas pensando que hago travesuras adolescentes con ella en el sofá. En la cama, por otro lado, es casi inaccesible. ¿Cómo decir? Hurta sus encantos a las caricias, misteriosamente. Vas a tocar sus senos y te encuentras con el hombro; donde tenían que estar sus nalgas, por no se sabe qué escorzo aparece el peralte de sus caderas. Y en cuanto a, en fin, ya usted me entiende, sencillamente desaparece, está y ya no está, visto y no visto, pura magia, créame.

¿Y qué más podría contarle? Nada. Cuando comemos juntos, comentamos las comidas; si el telediario, glosamos las noticias; si paseamos por el campo, describimos el paisaje. Siempre frases muy breves y muy cargadas de razón. De modo que siempre estamos de acuerdo en todo. Y así seguimos yendo por el mismo camino, sin saber adónde ni por qué.

¿Sabe? La idea del camino y del amor me ha hecho volver la vista atrás. Bueno, el camino y la certeza de que mi vida va ya puesta al correo y bien matasellada. Miro a mi pasado como el zorro que por unos instantes detiene el trote y vuelve la cabeza, una pata en el aire, para oír a lo lejos la corneta de los cazadores. Y no sé por qué me acuerdo ahora de un día de mi infancia en que mi madre me mandó a comprar arroz. En el inmueble de al lado vivía una niña, Violeta, una niña preciosa, con el pelo rubio y largo y los ojos azules. No sé de qué manera, yo estaba enamorado de ella, y creo que ella también más o menos de mí. No habíamos hablado nunca, pero al encontrarnos, que era muy a menudo, porque ya sabíamos nuestros horarios y trayectos, nos mirábamos, reprimíamos una sonrisa, nos ruborizábamos y bajábamos la vista.

Ése fue mi primer y frustrado e inolvidable amor. Y aquel día legendario me la encontré en la calle y resulta que también ella iba a comprar arroz. Yo miré su bolsa de la compra y ella miró la mía y sin decirnos nada nos pusimos a caminar juntos, muy vergonzosos, con la cabeza gacha y mirándonos de reojo y sujetando dentro de la boca las ganas de reír. Violeta llevaba unos pantaloncitos cortos de color limón y un niqui blanco y unas zapatillas de lona también blancas con ojales pero sin cordones. Iba guapísima con ese conjunto tan ligero y la larga melena moviéndose por su espalda al compás de sus pasos. De verdad, parecía flotar sobre las aguas.

«¡Ah, lindos niños!», nos saludó el tendero al vernos entrar. Era un ultramarinos todo abundancia y orden. «Os veo y adivino ya vuestro futuro. Ella, experta y bella secretaria; él, eficiente y apuesto militar. ¿Y sois ya novios con anillos de oro?» El tendero era calvo y grueso y de aspecto muy pulcro. En el ojal de la bata blanca llevaba una insignia de la Virgen, y un lápiz en la oreja, y antes de tocar las mercancías o de echar las cuentas se frotaba mucho, como espolvoreando, las yemas de los dedos. Cuando le preguntaban el precio de un producto, suspiraba. Y era digno de ver con qué fervor tomaba una embozada de legumbres y la ofrecía a la contemplación maravillada del cliente. Yo creía entonces que Franco y Perón eran hermanos, y digo esto porque él se parecía mucho a ellos, era una mezcla de los dos.

«¡Ay, lindos niños todavía sin anillos!», dijo mientras despachaba el arroz. «Niños sin pelos en el cuerpo que todavía no ganan dinerito. Él, gallardo halconero, y ella, pastorcita gentil. ¿Habrán hablado acaso junto a la orilla del arroyo? ¿Le habrá tocado él las tetitas y ella habrá consentido? ¡Ah, lindos niños que alegran mi tienda con sus sonrisas inocentes! ¡Niños que nos convierten en poetas a los que vivimos del céntimo y del gramo!», y miraba a lo alto como viendo allí representada la realidad de sus palabras.

Nos dio los cartuchos de arroz, tomó, contó y guardó las monedas, y poniéndose en cuclillas y tomándonos por la cintura y atrayéndonos hacia él, nos dijo con voz emocionada: «Lindos niños, pronto ya peluditos, escuchad mis consejos. La vida es bella. Entregaos al amor y a las dulces palabras. Creced y multiplicaos. Él, grave jurista; ella, alegre peluquera. Tendréis muchos hijos, unos varones y otros hembras, unos morenos y otros rubios, pero todos sanos y voraces. Y ¡estudiad, perillanes!, para poder comprar algún día artículos de calidad extra superior, como esos surtidos de galletas suizas que veis ahí, o ese jamón selecto de bellota, o esos faisanes escabechados de Aranjuez, y otras muchas delicadezas que, si me pusiera a enumerarlas y encarecerlas, no acabaría nunca. ¡Ah, lindos niños de la vecindad! ¡Ay, el amor!», y puso cada una de sus manos donde no debía. «Ella, señora Tal; él, señor Cual. Yo, para servirles y atenderles. Y ahora, ¡hala!, ¡a correr!, ¡a estudiar!, ¡a crecer y a haceros peluditos!», y nos dio un caramelo y un beso y nos despachó con unas palmadas, como si espantara pájaros.

Desde entonces, cada vez que nos encontrábamos Violeta y yo, y cada vez nos encontrábamos menos, ya no nos mirábamos a hurtadillas, ni nos saludábamos con una sonrisa y un sonrojo, y una vez, como suele ocurrir con el amor, todo acabó en un espejismo. Un día Violeta desapareció del barrio. O quizá fue que de tanto rehuirnos, cada cual desapareció para siempre de la vida del otro. Nos esfumamos, así, sin más, como si hubiéramos despertado de un sueño. Ésa es más o menos, creo yo, la esencia del amor.

Y, por cierto. Al relacionar el amor y el comercio se me ha venido a la memoria algo que me ocurrió la mañana del 2 de enero de 2002. Fue mi primera transacción en euros. Para la cajera del supermercado era también su primera experiencia. Había un nerviosismo placentero por parte de los dos. Aquella mujer –de mediana edad, vestida malamente con una bata azul, siempre fea y antipática– aquel día sonreía como una niña y al sonreír el rostro se le iluminaba de tal modo que transparentaba una capa hasta entonces oculta de encanto, de belleza, de erotismo, yo diría que hasta de lascivia. Tenía desplegadas ante sí las piezas del nuevo puzle monetario. Yo le di un billete de veinte. Ella emitió un gritito. Dijo: «Quizá sea un billete demasiado grande para alguien inexperta como yo». Yo le dije: «Tranquila, serénate, no tengas prisa, ya verás como nos sale bien». «Es que estoy muy nerviosa», dijo ella. «Es la primera vez.» «También yo», le dije. Al recibir el cambio, retuve sus manos y la miré intensamente a los ojos. «¿Cómo te llamas?» «Charo.» «¿A qué hora sales de trabajar?» Apenas tenía aire para hablar: «A las ocho».

Y esa tarde, a las ocho en punto, allí estaba yo esperándola, con unas flores en metálico para negociar la nueva transacción que el azar, y el lenguaje, nos habían concedido.

Pero el gran amor de mi vida –el único, el imposible, el despiadado, el incesante, el que conocería por segunda y última vez hace sólo unos meses– llegó cuando yo andaba por los catorce o quince años. Es decir, cuando empezaba a sentirme elegido y cortejado por las dulces perfidias románticas. Era la edad en que, como casi todos, yo huía de la niñez como de una peste, borrando tras de mí cualquier vergonzante rastro de inocencia. Trabajaba entonces de botones en un hotel que ya no existe, y a ver si consigo yo explicarle cómo era aquel hotel. Estaba en un lugar elegante y tranquilo, no muy lejos de la plaza de toros de Las Ventas. Era un edificio palaciego, de cuatro plantas, construido en el siglo XIX, y que durante muchos años fue un hotel que, bajo el lema de la exclusividad, la discreción y la excelencia, alojó a gente de mucha alcurnia, artistas, magnates, toreros, aristócratas. Luego aquello fue viniendo a menos, como todo en la vida, hasta que cerró, y cerrado estuvo mucho tiempo, y parecía que su curso no podía ser ya otro que el de la disolución y el olvido –salvo quizá, a modo de recordatorio, la flor de alguna anécdota–, si no hubiese sido porque a finales de los años cuarenta al heredero de los fundadores se le ocurrió abrirlo tal cual, con todo su lujo y esplendor, aunque ya con el sello inconfundible de la decadencia, o más bien de lo anacrónico, de la parodia de sí mismo, de lo que en un dorado antaño había llegado a ser.

Y bien. Allí uno parecía vivir dentro de una obra teatral de carácter histórico, con gran aparato escenográfico, donde daba la impresión de que todo trabajaba más para la magnificencia de las ruinas que para el mero decoro del presente. Y aquí tendría yo que hablarle y no acabar nunca de una enorme cocina, ya medio arruinada, con fogones y asadores que parecían para cíclopes y titanes, de un salón tan vasto y alhajado que semejaba una exposición de alfombras, cortinas, lámparas, mesas y tresillos, de largos corredores oscuros, de camas con doseles y ventanales con colgaduras fúnebres y marcos oxidados y desportillados por donde a todas horas se colaba el ruido, el polvo, el viento, el calor, la lluvia, el frío, de un comedor para trescientos comensales, de un ascensor forrado de terciopelo ya marchito con mando manual de marcha y de frenado, de bosques de columnas de mármol, de artesonados, molduras, volutas, medallones, y de penumbras, de muchas y engañosas penumbras. Recuerdo haber estado de guardia más de una vez en la puerta de un pequeño comedor que yo creía vacío, y al rato percibir un remoto removerse en un rincón donde alguien comía o hacía la sobremesa. Yo caminaba por aquellos lugares desolados y pensaba en la manera en que los espacios y las cosas van envejeciendo, quedándose rezagados en el tiempo, cuando ya no esperan a sus moradores y se entregan al desafuero de estar deshabitados.

El hotel tenía en las traseras un jardín, a juego con el conjunto, con su paseo melancólico de pérgolas, su quiosco, su cenador, su invernadero, su estanque con rocalla, nenúfares y peces de colores, todo muy descuidado pero de un estilo indestructible, porque parecía que su declive y su abandono lo guardaban del tiempo.

En cuanto a nosotros, los empleados, lucíamos unos uniformes rígidos de gran gala, que parecíamos mariscales de farsa, y siempre teníamos que estar alerta o representando alguna actividad, nunca ociosos, siempre yendo y viniendo para que el hotel diese así la impresión de un ajetreo incesante. Entre otras cosas, siempre había alguien encargado de tener en continuo movimiento la puerta giratoria, como si hubiese mucho entrar y salir de gente. Pero los clientes eran pocos y de poco pelo, algún labrador rico que venía a los toros, algún novillero, alguna reliquia aristocrática, algún viajero de paso y poco más. De las cincuenta habitaciones, solían estar ocupadas no más de cinco o seis. Cuando algún huésped bajaba a desayunar, era admirable la cantidad de personal que lo acompañaba, lo agasajaba, lo rodeaba, se ponía inútilmente a su servicio.

Aquél era mi primer trabajo. Me dijeron: «El sueldo es sólo simbólico, porque el negocio aquí está en las propinas». Pero ¿qué propinas iba a haber en aquellas soledades lúgubres?

El director del hotel estaba siempre en guardia, vigilando que nadie bajase la suya. «Hay que resistir», «hay que estar alerta», «la justicia tarda en llegar pero acaba llegando», «no hay que desesperar», solía decir, y otras frases de ese estilo, en las que nadie creía, quizá ni siquiera él mismo. Yo me escondía en las pe-

60

numbras y allí me dormía a veces durante una hora o dos. Daba pena ver la desolación de aquel lugar, de cuya gloria sólo quedaba ya el encanto. Los corredores vacíos, las habitaciones clausuradas donde parecía percibirse la pulsación de un silencio todavía vivo, sobreviviente a quién sabe qué suspiros o susurros, nosotros mismos, vagando como fantasmas sin rumbo ni objetivos...

Pero ¿de qué estábamos hablando? Del amor, es verdad. O mejor dicho, del amor y el comercio, que no sé de qué forma se han ido mezclando en mi disertación. Pues bien, entre los escasos clientes fieles que teníamos, había uno que era precisamente viajante de comercio. Vendía telas, lencería, botones, géneros de punto y ese tipo de artículos. Pero en cuanto sacaba el suficiente dinero, se instalaba en el hotel para una semana, y hasta dos, y en ese tiempo no salía apenas de su habitación. Se llamaba Tur, el señor Tur, y yo llegué a conocerlo bastante porque muchas veces le subía la comida, o de beber, y él me pedía que lo acompañara un rato y así me fue contando la historia de su vida, que yo resumiré en pocas palabras.

Verá, es muy fácil: aquel hombre tenía vocación de sedentario y la vida lo había condenado a ser nómada. Es decir, a la aventura, al merodeo, al viaje, al castigo infernal de ir y venir sin sosiego, casi sin tregua, siempre de paso, alojándose en pensiones donde no tenía tiempo de conquistar o ganarse la amistad de las cosas, de colonizar un territorio, de hacerse un trayecto fijo, de forjarse algunas costumbres y descansar en ellas. No, porque apenas instalado o a medio instalar tenía que emprender otra vez la marcha, como una condena mítica, como Sísifo, como Prometeo, como Orestes, como un ánima en pena que ha de expiar sus culpas al precio de no encontrar reposo en ningún sitio. Con esas mismas palabras elevadas lo contaba él.

La primera vez que le subí la comida me preguntó: «Dime, hijo, ¿tú tienes alma de nómada o de sedentario?». Porque para él ése era el nudo esencial de la vida. O, si usted quiere, de la felicidad. Desde muy joven, había intentado construirse una vida estable, pero no lo logró, bien por falta de suerte o de talento, o bien porque el destino le tenía asignado otro papel. Había fracasado en sus intentos de farmacéutico, oficinista, jardinero, librero e incluso conserje, y sin embargo, urgido por la necesidad, enseguida triunfó y adquirió prestigio como vendedor ambulante, y ya no hubo forma de escapar a la maldición de la mudanza, del camino, del peregrinaje y de la prisa. Y sí, algo tendría que ver el destino con eso, decía el señor Tur, y él fue el primer sorprendido de la facilidad con que vendía todo tipo de artículos, sin poner apenas nada de su parte, como si tuviese un don para persuadir o seducir a sus clientes con su mera presencia y unas cuantas palabras, no muchas, sólo las justas, porque no era el típico vendedor jovial y lenguaraz sino que entraba y esperaba para presentarse y, por lo que fuera, creaba de inmediato a su alrededor como una atmósfera de serenidad y confianza.

Total que, siempre que podía, se refugiaba unos días en nuestro hotel (Hotel City, por cierto, se me olvidaba decirlo) para disfrutar del placer de la vida mansa y remansada. Y, como ya dije antes, no salía de su habitación, salvo quizá para pasear al anochecer por el jardín, y siempre con una bata y unas zapatillas caseras.

El señor Tur tenía una teoría sobre los grandes hombres de la historia y sobre la vida en general. Decía que un hombre sedentario desarraigado de su condición y obligado por la supervivencia a ser nómada, es muy probable que se convierta en un aventurero desesperado, audaz, violento, cruel, capaz de hazañas e iniquidades nunca vistas. Y que gente así ha habido mucha en la historia: tipos que descubren, que conquistan, que matan, vencen y dominan, y que nos legan la imagen, falsa, de quien eligió y se forjó con genio, voluntad y ambición su propio destino, cuando en realidad era gente contemplativa, burgueses lanzados a la revolución o a la bohemia, porqueros y hortelanos que por un raro azar son arrastrados a la acción y un día dan nombre a una tierra, a un mar, a una cordillera... Hombres que se malogran allí donde nadie sospecharía la más mínima posibilidad de fracaso: en la gloria, en la fama, en la epopeya inmarchitable...

Así que muchos héroes, seguía diciendo el señor

Tur, están hechos con el barro de la beatitud y de la timidez, y como sufren la nostalgia y la rabia de su otra vida malparada, luchan precisamente con el mayor coraje para ganarse el derecho a regresar a sus orígenes y volver a ser aquellos hombres plácidos sin ambiciones ni nombradía que desde el principio aspiraban a ser. Y allí estaba él para demostrarlo: hubiera querido ser gordo y era flaco, era pálido en vez de sonrosado, no tenía amigos, carecía de retratos de seres queridos, su espíritu indolente sufría lo indecible bajo la tiranía de la producción, el tiempo y el trabajo, pero a cambio había triunfado en lo suyo, y ya había ganado seis veces el premio al mejor vendedor nacional, que consistía, para su desgracia, en viajes a lugares lejanos y exóticos, y ganaba mucho dinero, que iba juntando y amontonando con la idea de poder retirarse un día a una casa, a una ciudad, a un barrio, a la paz del hogar, y al sueño de compartir su vejez con un gato y unas flores, que era uno de los humildes ideales incumplidos desde su juventud. He ahí la verdad que deja al descubierto cada hombre al ser removido y volteado de los cimientos de sus hábitos.

Y al revés (y quizá le cuente más adelante un caso que conozco muy bien): algunos aventureros, culos de mal asiento condenados a un barrio, a una aldea, a un gato y a unas flores, y que a lo mejor, en la sórdida quietud de un laboratorio o de una biblioteca, decía el señor Tur, tocan el cielo de la ciencia o de las ideas, lo cual los lleva a la gloria, a la fama, y con ellas, a la secreta e inevitable frustración. Ahora bien, puntualizaba el señor Tur, eso no quería decir que si un sedentario o un nómada alcanzara a cumplir su vocación, tuviese por eso asegurada la dicha o la paz del espíritu.

Pero, en fin, dejemos aquí las elucubraciones del señor Tur y regresemos a la acción.

Pasó el tiempo, pasaron muchos meses, y he aquí que un día el señor Tur, apenas instalado en su habitación, me mandó llamar. Necesitaba de mis servicios, pero no para asuntos del hotel sino del comercio. Estaba acostado, con la colcha hasta la barbilla, conaleciente de su trajín viajero, y desde allí, después de invitarme a tomar asiento en el borde de la cama, me contó lo siguiente.

Había en Toledo un comercio muy bueno, el mejor sin duda de la ciudad, que no sólo abastecía al detalle a una enorme clientela sino que servía además al por mayor a muchos de los pueblos y pedanías de la provincia. El Rayo de Luna. Hilaturas y géneros, se llamaba la tienda, y tenía hasta siete dependientes, y una camioneta con su conductor para hacer los repartos. Estaba regentada por el dueño, don Marcelino, un hombre sin carácter, ni vocación comercial, dominado completamente por doña Catalina, su mujer. Ella –bastante más joven que él, rubia y atractiva– era quien hacía y deshacía, y la que controlaba y vigilaba todo desde una especie de casilla o chiscón acristalado que había entre el comercio y la trastienda.

Pues bien, el señor Tur, a pesar de su gran prestigio y solvencia como corredor del ramo, nunca había conseguido venderle nada a El Rayo de Luna. ¿Y todo por qué? Por doña Catalina.

«Ella me tiene una especial antipatía», dijo el señor Tur. «De dónde ha engendrado esa mujer tal aversión hacia mi persona es un misterio que no consigo desvelar. Pero el caso es que no me permite tratar a solas con don Marcelino, a quien con toda seguridad me sería fácil colocarle la mayoría de mis artículos, como hacen mis competidores sin mayores problemas. Pues no. Ella está siempre al acecho, y en cuanto me ve entrar, sale muy tiesa y decidida de su chiscón y se encara conmigo: "¿Qué se le ofrece?", y con sólo eso, tal es su tono desafiante y la mala fe de su mirada, me despacha sin más. ¿Me sigues?» Le dije que sí por decir algo, porque a mí aquella historia ni me llamaba la atención ni sabía qué relación podía tener conmigo.

«Pero no para ahí la cosa», retomó su historia el señor Tur, «porque lo peor es que este extraño suceso ha terminado haciéndose famoso entre los vendedores y comerciantes, que no desaprovechan la ocasión de burlarse de mí y de insinuar hipótesis acerca de los desdenes para conmigo de doña Catalina, y otras guasas y chirigotas que pasan ya de castaño oscuro, y tanto es así, que más de una vez he estado a punto de llegar a las manos con alguno de ellos. Y eso sin contar el daño, quizá irreparable, que este asunto está causando a mi reputación. Porque los rumores han llegado incluso a oídos de mi más alto jefe, un poderoso empresario catalán, que antes me escribía de su puño y letra para felicitarme las Pascuas, o con motivo de mi gestión al cierre del balance, y que desde hace ya tiempo, sin duda desde que se enteró de mis desavenencias con El Rayo de Luna, ya no ha querido saber más de mí. Y para un viajante, que no tiene hogar, y que además, como es mi caso, posee un alma apasionadamente sedentaria, estos desaires son muy duros de sobrellevar. Uno se siente solo, abandonado a su suerte en medio de una enorme meseta hostil. Un viajante necesita saber que sus superiores le prestan desde la distancia, y en todo instante, su protección y su apoyo moral. ¡Cuántas veces, en plena noche y en un lugar perdido, quizá con la tempestad rugiendo afuera, me ha flaqueado el ánimo y se me ha encogido de angustia el corazón! Y en esos momentos, sólo la convicción de que uno forma parte de una empresa, y de que cuenta con la estima y el respaldo de sus superiores, y con la solidaridad de todos los empleados, y de que el poder de la empresa es también tu poder, me ha dado ánimos y fuerzas para no caer en la desesperación o en la locura.

»Total, que esto ha terminado por convertirse para mí en una cuestión de honor y hasta de supervivencia.» Hizo una larga pausa y se quedó profundamente pensativo. «Supongo», dijo al fin, «que estarás preguntándote hace rato qué pintas tú en toda esta historia», pero no esperó mi respuesta sino que con una mano me mandó callar y seguir atento a su discurso.

«Pero, mire usted por dónde (y aquí te invito a que veas y juzgues por ti mismo las invenciones y estratagemas a las que los viajantes de comercio hemos de recurrir en nuestro oficio), indagando aquí y allá, en bares y restaurantes, en tiendas, en casinos y en otros mentideros de Toledo y provincia, me he enterado de que doña Catalina, que no tiene hijos, tenía sin embargo un sobrino carnal, José Manuel de nombre, que vivió con ella desde que iba a gatas y que hace unos diez años, cuando él tenía unos cinco o seis, una tarde salió a comprar unas chucherías y desapareció hasta hoy sin dejar rastro. Y éste es el gran trauma de doña Catalina, la herida que no sana, y hasta he pensado si su inquina hacia mí no tendrá algo que ver con ese asunto. Si no habrá visto en mí algo del modelo que ella se ha fraguado en su imaginación del raptor de su niño. Pero el caso es que anda trastornada desde entonces. En el chiscón, siempre está triste, y se pasa el tiempo suspirando y absorta en el pasado. Y además sufre de los nervios y tiene manías, y al parecer una de esas manías soy yo», y aquí me pidió que le alcanzara de la chaqueta su cartera de bolsillo. «Pero no paró ahí mi investigación», y se puso a buscar con la uña en los compartimentos de la cartera, «sino que seguí hasta lograr una fotografía de su sobrino. Aquí la tienes.»

Era un niño normal y corriente, como tantos, pero

el señor Tur se levantó entonces (muy laboriosamente, como si fuese un vejestorio, y no creo que llegara a los cincuenta años), se puso la bata sobre el camisón, porque usaba camisón y un gorro con borla, me llevó ante el espejo y, los dos frente a él, puso la foto a la altura de mi cara y me invitó a una contemplación conjunta. «Mira y maravíllate», me dijo. Y al ratito: «¿Vas entendiendo por dónde voy?». Lo miré a través del espejo. «¿No querrá usted que...?» «Sí», me interrumpió él. «Ése es justo mi plan. Nada más ver la fotografía me acordé de ti, porque no me dirás que no hay entre él y tú un extraordinario parecido, y más teniendo en cuenta los años que han pasado, y que ahora andaréis los dos por esa edad indeterminada y ridícula que son los catorce o quince años.»

Volví a mirar la foto y sí, teníamos un aire, pero aun así seguí sin comprender qué era exactamente lo que quería el señor Tur de mí.

«Eso te lo explicaré por el camino, porque mañana mismo partiremos tú y yo hacia Toledo, hacia El Rayo de Luna, y si consigo el pedido (sobre el cual ya he hecho una fuerte apuesta con otros viajantes) ganarás más dinero en un día que aquí en dos o tres años. Y ahora dime, hijo mío, ¿confías en mí y aceptas mi proposición?» Y yo sin dudar dije que sí.

Y partimos al día siguiente bien temprano, en el automóvil del señor Tur, que era un modelo americano con las puertas de madera. Pero no voy a entrar en detalles, ni del transporte, ni del trayecto, ni del paisaje ni de otras menudencias. Baste decir que el plan del señor Tur era la cosa más simple y a la vez más estrambótica del mundo. A mí todo aquello me parecía absurdo, pero yo le tenía fe a aquel hombre pálido y melancólico.

Me dijo: «Tú entras por atrás, por el portal o puerta falsa, que de día está siempre abierta de par en par. Cuidándola, hay un portero uniformado, muy alto y fuerte, y con muy malas pulgas, a quien tú sólo tienes que decirle: "Vengo a por unos carretes de hilo torzal", y él te dejará entrar, porque ésa es la contraseña que hemos pactado entre los dos». «Torzal.» «Torzal, eso es, no lo olvides. Entras, empujas la puerta de la trastienda, la atraviesas, y por allí llegas al chiscón.» «¿Y si hay alguien en la trastienda?» «Nadie se fijará en ti. Pensará que eres uno de los tantos recaderos que entran y salen a todas horas de la tienda. El único que regula el tránsito de gente es el portero, que es muy estricto en el control, pero pasada esa aduana ya nada tienes que temer.»

El señor Tur me había hecho lavarme y peinarme y perfumarme muy bien, y llevar mi mejor ropa, y los zapatos relucientes, y hasta una florecita en el ojal. «Llegas, pues, al chiscón, y allí te paras y miras alrededor como sorprendido de encontrarte precisamente allí. Apenas te vea, que te verá enseguida, doña Catalina te preguntará quién eres y qué quieres. Eso si antes no le da el pálpito de que su sobrino, su José

Manuel, ha aparecido al fin.» «Pero eso no es posible», dije yo. «¿Cómo va a ser tan inocente esa mujer?» «¡Cómo se nota que eres todavía un niño y no sabes nada de la naturaleza humana!», dijo el señor Tur. «El hombre, cuando sufre y anhela, muerde cualquier señuelo que mitigue algo su dolor. No ve lo que hay sino lo que le gustaría ver. Pero no nos pongamos ahora a filosofar y sigamos con lo nuestro y grábate bien en la memoria todas mis palabras. Hablar, habla poco. Si te pregunta cómo te llamas o qué has venido a hacer, dile que no sabes cómo has llegado allí. Hazte fuerte en la extrañeza. En la mesa de doña Catalina hay un retrato del sobrino. Barre la estancia con la mirada y, cuando llegues al retrato, fija en él los ojos como si estuvieses mirando algo confuso en la lejanía. Y así, deja que sea ella la que vaya atando cabos y dejándose engatusar por la sospecha y la esperanza. Entonces, todo será muy fácil. Para estar a solas contigo y poner a prueba tus recuerdos, tarde o temprano te llevará a la casa donde viven, que está en la planta alta del comercio. Entonces yo, que estaré al acecho, en cuanto os vea salir del chiscón entraré en la tienda y abordaré a don Marcelino.»

«Pero eso es muy cruel, señor Tur», dije yo. «¡El mundo es cruel!», dijo él, poniendo un amargo tono revanchista en la voz. «¿O es que no es ella cruel conmigo, y además sin ninguna razón, sólo por el gusto de hacer daño desinteresadamente, como si fuese una altruista del mal? Por otra parte, tú en ningún momento digas que eres su sobrino, ni que te llamas José

Manuel. Ya habrá tiempo de que ella te llame así, y tú a ella tía Cati. Y ya puestos, y si la cosa sale bien, hasta puedes convertirte en el sobrino y quedarte a vivir con ellos y heredar El Rayo de Luna en el futuro. Te convertirías en un hombre muy rico. Seguro que a tus padres no les importa el trueque.» «¡Eso es absurdo, señor Tur!» «¡El mundo es absurdo!», protestó y remachó él. «¿De qué noble cuna o de qué portentosos méritos salió Napoleón, el Conde Duque de Olivares, Franco, Hitler y tantos otros? De ese mismo absurdo del que tú hablas y del que tú tan ingenuamente te maravillas. Una casualidad, una buena baza del destino, un encuentro fortuito, un llegar a tiempo en el momento culminante del drama, y he aquí que de pronto lo absurdo, lo imposible, lo desatinado, encaja en el rompecabezas como la pieza que faltaba para completar genialmente el conjunto. Si algunos conquistaron de la nada un imperio, ¿por qué no podrías conquistar tú una tienda de tejidos?»

«Pero hay algo que no entiendo», dije yo, apenas se extinguieron los ecos de tan alta elocuencia. «¿Qué digo para explicarle por qué estoy yo allí, y luego, cuando quiera marcharme, qué hago si ella se empeña en que soy su sobrino y no me deja ir?» «Eso es lo más fácil del mundo. Cuéntale una historia. Y aprende ya de paso que, en las relaciones humanas, casi todas las cosas se arreglan con historias. Una historia es el único refugio digno de la mentira. Dile por ejemplo que ahora tienes que irte pero que volverás. Dile que has ido en una excursión del colegio a Toledo, y que al ver y leer El Rayo de Luna tu memoria se iluminó también con un rayo de muy difusa luz. ¿Ves como en la ficción todo encaja mucho mejor que en la realidad? Dile que si abandonas ahora a tus compañeros y profesores, la policía te buscará en Toledo y cerca del comercio, con lo cual no tardarían en encontrarte. Que mejor es regresar a casa, a, no sé..., a Huelva o a Bilbao, lo que se te ocurra en ese momento, y que de allí, en cuanto puedas, volverás a Toledo, ya sin dejar rastro. Luego, si quieres, vuelves, y si no, le escribes una carta contándole otra historia, que has obtenido pruebas irrefutables de que tú no eres José Manuel, o que te has encariñado con tus raptores, o cualquier otra cosa. La desengañas y ya está. ¿Qué mal haces con eso? Todo el que puede, y ahí tienes las religiones y las ideologías, trafica al por mayor con la esperanza. ¿Por qué no puedes andar tú al menudeo con esa misma mercancía? A doña Catalina no vas a robarle nada, sino más bien a regalarle un poco de ilusión y cariño.»

Y con estas y otras conversaciones similares llegamos finalmente a Toledo.

Y bien. Todo ocurrió más o menos como había previsto el señor Tur. Di el santo y seña y el portero allá en las alturas hizo como que no me veía y así me dejó entrar. Crucé la trastienda, que era un gran almacén lleno de estantes hasta el techo y abarrotado de mercancías por donde se afanaban en la penumbra algunos empleados. Llegué al chiscón. Lo primero que me admiró fue lo joven y guapa que era doña Catalina, que estaba sentada en un taburete muy alto. Nada que ver con la mujer tirana y medio ogro que me había pintado el señor Tur. Al revés, era rubia, menuda, frágil, la boca melosa y sensual, los ojos oscuros y como empapados en la umbría que le hacían las pestañas. Debía de andar por los treinta y cinco años, o quizá algunos más, porque ya su juventud parecía ir remansando su alegre curso en las aguas calmas de la madurez.

Siguiendo con el plan, llegué y me quedé como pasmado, mirando sin tino alrededor, hasta que ella levantó los ojos de la revista de modas que estaba leyendo y también se quedó asombrada de verme. «¿Quién eres y qué haces aquí?», me preguntó. Yo adelanté la respuesta en un gesto y luego dije: «No sé...». «¿No sabes? ¿Has llegado hasta aquí por casualidad?» «Estoy de excursión en Toledo, con el colegio.» «¿Y de dónde vienes?» «De Gijón.» «¿Y nunca antes habías estado en Toledo?» «No.» «¿Y entonces vas y entras aquí.» «Sí. Vi el comercio y el nombre del comercio y entré a mirar.» «¿Y qué has visto?» Y yo extravié otra vez la vista a mi alrededor y miré la tienda, que era enorme, con mucho ajetreo de clientes y un larguísimo mostrador de madera vieja y bruñida donde había desplegadas piezas de tela, prendas confeccionadas y otros muchos artículos, y todo lleno de baldas y cajones, miré al techo, donde había un gran fresco, como en las iglesias, que representaba un episodio protagonizado por Mercurio, el dios del comercio, como luego me explicó el señor Tur, miré a doña Catalina y me dio un vuelco el corazón, de tan guapa que era, miré al suelo, miré otra vez al aire, y de tanto mirar acabé por descubrir la foto del niño que había sobre la mesa en un portarretratos de metal. Y allí me detuve, embelesado y boquiabierto. Ella siguió el rastro de mis ojos y los dos coincidimos largamente en la misma mirada.

«Ven aquí», me dijo, y me atrajo hacia ella, «y dime al oído cómo te llamas», y yo puse mis labios en su oreja y así estuvimos un ratito, ella esperando y yo sin saber qué responder. Su pelo y su piel olían muy bien y era un placer casi insoportable estar allí, su mano en mi espalda, mi boca casi paladeando el sabor de su carne, y la cálida presión de su pecho yendo y viniendo al compás agitado de su respiración. «Date prisa que me haces cosquillas en la oreja.» «Me llamo José», dije al fin. «¿Y yo cómo me llamo?» «¿Tú? No sé.» «Di nombres.» Y yo dije Manuela, Lola, María, y luego Carmen, Carmela, Casilda, Caridad, y ella me iba apretando contra sí cada vez más y sentía su aliento en la mejilla y de verdad que en esos instantes me sentí feliz y me acordé de las palabras del señor Tur y de la posibilidad de convertirme para siempre en el sobrino de aquella mujer. ¿Habría en el mundo mejor vida que ésa? Y al final de mi retahíla de nombres ella me apartó bruscamente y me miró a los ojos: «¿Te gustaría llamarme Catalina?» «¡Catalina! ¡Es un nombre precioso!», y moví la cabeza a un lado y a otro para expresar mi admiración.

«Ven conmigo», dijo en voz baja, pidiéndome silencio con un dedo en la boca, y se levantó, me tomó de la mano, cruzamos la trastienda y, por unos corredores y escaleras, llegamos hasta un piso muy grande y con un gran lujo de muebles, alfombras, cuadros y cortinas.

«¿Te gusta mi casa?» «Mucho.» «Siéntate ahí», y me señaló un sofá. Me trajo una coca cola y unas avellanas y me dijo: «Ahora enseguida vengo». Y volvió con una pequeña arca de donde fue sacando fotos, cuadernos escolares, juguetes, ropita infantil, cuentos ilustrados y otras tantas reliquias. Me preguntó qué me parecían todas aquellas cosas. Y yo al verlas tan viejas, tan desvalidas en el tiempo, tan bonitas a su manera, tan llenas de ausencia y de tristeza, me emocioné sinceramente y se me saltaron las lágrimas, lágrimas verdaderas que doña Catalina me enjugó con el bordado de un pañuelo y con su boca y después con su blusa y su cabello cuando me abrazó y me acunó en sus brazos y me consoló de mi tristeza sin consuelo. Porque yo seguía llorando, cada vez más sinceramente, y ella me acariciaba el pelo y me decía: «Ay, José Manuel, José Manuel».

Y no sé cómo, en uno de aquellos transportes, una de mis manos fue a parar sin querer a uno de sus senos y entonces ella la retuvo y la apretó contra sí y me dijo: «Sigues siendo el mismo diablillo de siempre», y al oír aquello y vislumbrar en mi vida la imagen de un pasado idílico que jamás existió, yo lloré todavía más, un llanto hiposo y entrecortado que doña Catalina intentó aliviar meciéndome en sus brazos y apretándome fuerte contra ella.

«Cuando eras pequeño», me susurró al oído, «te daba de mamar, como si fuese tu madre. ¿Te acuerdas?» «Creo que sí.» «¿Y te acuerdas que a veces me untaba de helado o de mermelada para engañarte, pobrecito mío? Y mientras tú chupa que chupa yo te arrullaba con canciones. ¿Te acuerdas de eso?» «Era maravilloso, tía Cati», y con mi mano apreté su pecho y hundí mi cara entre los dos. Y ella, escandalizada: «¿No querrás repetirlo a tu edad? ¿No serás tan malvado para pedirme una cosa así?», pero su voz era fingida, porque en un visto y no visto se desabotonó la blusa, se subió una de las copas del sujetador y me ofreció su pecho con ese gesto que todos conocemos por las pinturas religiosas clásicas de la Virgen y el Niño, perdone por la irreverencia. «¿Te atreverás también a pedirme que lo prefieres con mermelada o con helado?» «Lo que tú quieras, tía Cati», y ella se levantó y volvió al instante con un tarrito de mermelada de cerezas. Su pecho era ni grande ni pequeño, una cosa preciosa, delicada, de una blancura llena de pudor, y con un pezón rosado y duro que ella a veces jugaba a rehusarme para ofrecérmelo luego con renovada entrega.

Y, disculpe mi crudeza, pero cuando doña Catalina puso su mano en mi pierna y empezó a subir por ella haciendo que caminaba con dos dedos, muy lentamente, yo creí que me moría del susto y del ahogo. «¡Hala! ¡Qué locura! Pero ¡si ya eres un hombre hecho y derecho!», y entonces, no sé si arrepentida o asustada, o porque aquello la devolvió de repente a la realidad, me apartó la cara, se abotonó la blusa y se adecentó el pelo.

«Ya está bien por hoy», dijo. «Ahora tenemos que hablar del futuro, y lo primero que vamos a hacer es avisar a don Marcelino, que es la persona más buena y generosa del mundo. ¡Ya verás qué contento se va a poner al verte, y qué felices vamos a ser viviendo los tres juntos! El verano lo pasaremos en un cigarral junto al Tajo, y mientras don Marcelino se dedica a pescar, tú y yo nos quedaremos en casa o iremos a pasear por el frescor de la espesura. Y por la noche dormiremos los tres en la misma cama y nos contaremos cuentos y nos cantaremos canciones hasta que los tres, a la vez, nos quedemos dormidos.»

Yo estaba embobado escuchando los planes de doña Catalina, pero de pronto me acordé y miré el reloj. Había pasado más de una hora, y el señor Tur ya habría tenido tiempo para hacer su negocio. Así que me levanté y dije en tono de alarma: «¡Qué tarde es ya! Tengo que irme, tía Cati. Seguro que los profesores me están buscando ya por todas partes». «¡Cómo!», dijo ella, y se levantó airada. «¿Irte ahora, recién llegado? ¿Abandonarme otra vez?» Yo argumenté, tal como había convenido con el señor Tur, que si desaparecía ahora no tardarían en encontrarme, en tanto que si me iba a Gijón, en unas cuantas semanas me escaparía y regresaría para siempre al que consideraba ya mi único y verdadero hogar.

«¡Qué truhán eres!», dijo ella entonces. «¡Y qué tonto! ¿Crees que me has engañado con esa carita inocente que tienes?», y se abrazó muy fuerte contra mí. «Pero no me importa», dijo. «Aunque el señor Tur, ese hombre enfermo de tristeza, estuviera detrás de todo esto, no me importaría, y sabría perdonarte. Vete, pero recuerda que yo estaré esperándote, y todos los días, cuando oiga pasos leves en la trastienda, pensaré que eres tú. Serás un buen José Manuel, y don Marcelino será un buen padre para ti.»

Se separó y me miró con una mezcla de amor y de furia. «Necesitarás dinero para venir de Gijón a aquí.» Yo bajé la cabeza, avergonzado, y no respondí, pero luego me llené con el ansia del dinero y me puse a calcular cuánto me daría, y cuánto me daría después el señor Tur. Y me dio cinco mil pesetas, un capital en aquellos tiempos para casi un niño como yo. «Recuerda que te estaré esperando», y me entregó el dinero. A mí entonces me entraron las prisas de salir corriendo de allí. «¡Adiós, tía Cati!», dije. «¡Volveré!»

Y ésa es la historia que me ocurrió con el señor Tur y doña Catalina. Y mi primera experiencia erótica real. Porque estábamos hablando del amor, ¿no es eso? ¡Ah, y del comercio! Y fíjese, nunca he conseguido olvidar a aquella mujer, a mi tía Cati, otro de esos amores imposibles, quimeras, leyendas, con que la vida embarulla la realidad... Y todas las noches sigo soñando con el cigarral junto al Tajo.

Supongo que a estas alturas ya habrá adivinado que uno de los rasgos dominantes de mi carácter es la indecisión. ¿Qué sería de mí?, me preguntaba allá en la adolescencia. ¿Cuáles eran mis preferencias en la vida? Había que elegir un lema, una flor favorita, un nombre de mujer, un color, un oficio, una rúbrica, un héroe, una creencia, una combinación de signos que me distinguiera de los demás, que me otorgara un perfil, que definiera de una vez por todas mi manera de ser. Pero no había forma. Lo que un día me gustaba lo aborrecía al siguiente. A veces prefería los bares humeantes a las limpias anchuras del paisaje, el verde al rojo, la firmeza del cinismo a los temblores de la sinceridad, o me preguntaba qué me convenía más, si ser un hombre adusto o festivo, conversador o silencioso, sencillo o abismático. Ni siquiera tenía claro si quería ser nómada o sedentario. Me movía en el angustioso filo de las intenciones, de los proyectos, de los súbitos designios y renuncias, y no encontraba el modo de ser siempre yo mismo y descansar en mí. En cuanto bajaba la guardia, ya era otro.

Para agravar las cosas, resulta que en el instituto había descubierto y sucumbido al veneno de la poesía, a Bécquer, a Neruda, y a un poema, el más letal de todos, cuyo autor no recuerdo, y que empezaba así:

Una noche,
una noche toda llena de murmullos, de perfumes y de músicas de alas,
en que ardían en la sombra nupcial y húmeda las luciérnagas fantásticas,
a mi lado lentamente, contra mí ceñida toda, muda y pálida,
como si un presentimiento de amarguras infinitas
hasta el más secreto fondo de las fibras te agitara,
por la senda florecida que atraviesa la llanura,
caminabas,
y tu sombra,
fina y lánguida,
y mi sombra,
por los rayos de la luna proyectadas,
se juntaban y eran una,
y eran una sombra larga...

A mí aquellos versos me parecían los más tristes y hermosos del mundo. Y añádale a eso el cine, donde no había película de aventuras que no contuviese una historia de amor. Y las lentas e insidiosas canciones bailables que invitaban igualmente a caminar sobre las aguas... Sufrí mi primera crisis espiritual. Me alimentaba de suspiros, regaliz y tabaco. Necesitaba creer en algo. De la noche a la mañana di un estirón y me convertí en un joven flaco y alto y un poco encorvado, como si me asomara con vértigo a mí mismo. De pronto, el romanticismo era el río proceloso que atravesaba el barrio, y al que yo quería arrojarme en un acto puro de desesperación.

De modo que todo estaba listo ya para el gran amor, el único, el devastador, el catastrófico, el imperecedero. Y, además, tenía veinte mil pesetas para financiarme al fin una identidad. Me compré un largo gabán negro, un traje negro, una bufanda negra, una camisa blanca de fantasía y un lacito morado a modo de corbata. En casa dije que aquellas prendas de bohemio rico me las había regalado un cliente del hotel. Todos los días al anochecer salía ataviado de aquella forma tan bellamente lúgubre. Mi oficio era ser joven y me gustaba ir por calles mal alumbradas, por parques solitarios, por plazas apenas definidas por la luz incierta de dos o tres farolas. Aquélla era mi forma de ser alguien y de proclamarlo ante el mundo.

Y así las cosas, un día surgió no sé de dónde otro fantasma. Era como la encarnación de aquellos poemas que tanto me gustaban. Parecía flotar entre la niebla, y yo lo seguí por calles y baldíos, y tan pronto lo perdía como lo reencontraba, hasta que al llegar a una placita del barrio que yo nunca había visto desapareció en un portal como un espectro que atravesara una pared.

Lo esperé otra noche y ella (porque era una mujer) acudió a la cita, y yo volví a perseguirla hasta que me agregué a ella. Sí, he dicho bien. No la abordé, sino que me puse a su altura y fui acercándome hasta que terminamos caminando juntos, haciendo una sola sombra al pasar por los cercos de luz, y eso fue todo. Sin que mediara una palabra. Era lánguida, esbelta, enfermiza, parecía el espíritu de la golosina, y si ya entonces era guapa, ahora es ya en la memoria la belleza personificada y hecha canon poético. Su nombre se ha perdido entre tantos apelativos como le inventé. Íbamos y veníamos, nos sentábamos en los bancos de los parques, enlazábamos nuestras manos, nos abrazábamos como si nos protegiéramos del frío o del miedo, yo la abrigaba con mi bufanda y ella reposaba su cabeza en mi hombro, callábamos, y el silencio quemaba como una brasa bajo la ceniza. Yo le compraba pasteles, libros, flores exóticas, una pulsera, un pastillero de plata, unos animalitos de cristal, un perfume carísimo, y de pura emoción los objetos se le caían casi de las manos. Una noche la llevé al jardín del hotel, y paseamos por él y nos detuvimos mucho tiempo ante el estanque lleno de estrellas y peces de colores. Metió un dedo en el agua. Los peces huyeron y las estrellas se pusieron todas a temblar. Era difícil soportar tanta belleza junta.

Y ahora permítame subir el diapasón de mi discurso y ponerme elocuente y hablar en plural, en nombre de los muchachos de mi barrio y de aquel entonces. Todos conocimos a alguna muchachita así, salida milagrosamente a la realidad de los versos y de las películas y de las canciones que envenenaron nuestra juventud y nos consolaban de nuestras pobres vidas cotidianas. Y alguna vez, extenuados por el finísimo mimbre en que se sustentaba la ilusión, pensamos en abrazarla con codicia, en apoderarnos bruscamente de su carne mortal, pero en el último instante ella volvió hacia nosotros sus ojos febriles, implorando no se sabe qué, y nosotros nos detuvimos con un repente casi religioso de miedo o de piedad. Aquella experiencia de lo que la belleza tiene de intangible y sagrado nos acompañó ya para siempre. El deseo llevaba por penitencia a la propia y prohibida lujuria. Comprendimos algo del poder y las servidumbres de la voluntad, sufrimos la mirada del dragón que guarda el infinito, vislumbramos nuestra pobre condición, efímera y pobre, sí, pero con un toque trágico de divinidad. La muchacha imploraba. Sus labios entreabiertos, trémulos, que tanto podían contener una oración como una obscenidad. ¿Y no estarían diciendo tómame, pálpame, fóllame? Pero quedamos paralizados ante el cuerpo siempre inmerecido de la mujer. Nos hicimos mayores en aquel anochecer cuya última luz calentaba la semilla del futuro, de lo que estábamos ya condenados a ser: gente vulgar enamorada de un ideal difuso y entrecano. Y así, el sueño nos llevaba con gran sigilo hacia el despeñadero de la madurez.

Y luego, la muchacha desapareció, una tarde de niebla se desmaterializó al jugar a esconderse tras un seto. Quise encontrar la placita donde vivía pero la placita también se había esfumado. Y aquello fue como una señal para que la modernidad llegara al barrio. Porque así fue, créame. De pronto el tiempo comenzó a correr y a atropellar todo a su paso. Se fue la muchacha y con ella se fueron los tranvías azules, con su campanilla de tiovivo y sus rígidos conductores que parecían siluetas recortadas en latón, cayó de golpe como una nevada de polvo en los escaparates de las tiendas de tejidos y de ultramarinos, se esfumaron de un día para otro muchos curas y cobradores a domicilio, y practicantes también a domicilio, y afiladores y profesores particulares de latín, y conjuntos melódicos de hombres engominados y otoñales, y gente muy abrigada que tosía y escupía mucho, y monjas bajitas con maletines negros, todos los cuales, y muchos otros, eran los mantenedores de la luz gris de aquel entonces, los pilares de una época que se derrumbaba, y viendo todo eso, un día nosotros apoyamos la mejilla en la palma de la mano y nos quedamos mirando a un horizonte imaginario, como lord Byron, como Bécquer, como James Dean, como Jovellanos cuando soñaba la reforma de la Ley Agraria en aquel cuadro de Goya que venía siempre en los libros de texto, y así nos encontró la modernidad, inmortalizados en esa estampa melancólica que es, al cabo de los años, el único testimonio fiable que conservamos de nuestra juventud, la única prueba de que una vez fuimos de verdad jóvenes.

Fue así, créame, fue así, y disculpe este desahogo sentimental, y toda la palabrería que conlleva. Bien sé que la historia está tejida de hechos y que, por tanto, es tiempo. Pero ¿a usted no le pasa? Uno lee o aprende en la escuela esos hechos, avanza a través de batallas, pactos, reinados, revoluciones, imperios y conquistas, pero no consigue sentir el pulso del tiempo sino la sucesión de unos episodios que más parecen alinearse en el espacio (en los corredores de un museo, por ejemplo) que en el decurso de las décadas. Advertimos los años de las vidas privadas, o el paso de las horas en una tarde de domingo, pero somos incapaces de percibir la temporalidad de un pueblo, de los astros o del mero crecimiento de un árbol. Sin embargo, como excepción, en aquella época en que la modernidad llegó a España yo sí sentí el latir y el rugir de la historia, el enorme estrépito de su maquinaria, y de su avance aterrador.

Y todo aquello a mí me sorprendió buscando un modo de ser, intentando forjarme un carácter. Un día vino al instituto un juez, o un fiscal, y nos dio una charla de la que no recuerdo absolutamente nada. Pero me fascinó su repertorio de gestos. Fue empezar a hablar y quitarse las gafas como si se despegara un antifaz del rostro, y ya no dejó de enredar con ellas y de acompasar con ellas su discurso, muy argumentador y gran mundano. Se las ponía, se las quitaba, las metía en el estuche y las volvía a sacar, las abría y las cerraba, limpiaba con una franelita los cristales y los miraba luego al trasluz, golpeaba con ellas la mesa para reafirmarse en alguna opinión, o con las patillas señalaba al auditorio, cargándose de autoridad. Y cuando no eran las gafas era una pluma estilográfica con la que hacía verdaderos juegos malabares, o un cigarrillo que sacó, junto con el mechero, y que no llegó a encender, pero con los que no dejó de juguetear. Para colmo, a veces leía de un libro y era curioso, porque se mojaba el índice con la mano izquierda y pasaba la hoja con la derecha. Así que era casi un milagro no distraerse con todo aquel trajín y poder atender a sus palabras, y no digamos ya recibirlas en toda la pureza de sus significados. Yo lo miraba y lo admiraba con esa admiración incondicional que se genera en las aguas limpias de la ignorancia. Sus razones resultaban incontestables. ¡Y las pausas! Se hacía como un desgarro en las fibras del silencio, como un trémolo o un escalofrío, como cuando el narrador ha callado en una noche de invierno y al rato viene el viento a agitar las cenizas aún tibias del relato. Y viéndolo, me acordé de cómo a algunas serpientes las cazan distrayéndolas con un trapo rojo. Con una mano el cazador agita el trapo y las embelesa mientras con la otra va buscando las vueltas para pillarlas desprevenidas por detrás. Si usted se fija, verá que casi todos los oradores también utilizan algún señuelo con que distraer al auditorio para caerle con más fuerza verbal por el flanco desguarnecido.

Pero, yendo a lo que iba, el caso es que aquélla fue para mí una experiencia primordial. Licencié mi ropa de bohemio y decidí usar gafas y fumar en pipa. Eso me daba un aire moderno, y cierta seguridad en mí mismo. Hablaba y escuchaba, o intervenía en cualquier actividad social, con mi pipa y mis gafas, a las que continuamente había que atender, y con la ayuda de las cuales era fácil intercalar gestos interesantes y llenos de criterio.

Pero aquel disfraz acabó aburriéndome y perdiendo eficacia. «¿Estás tonto o qué?», me dije un día. «Si no consigues ser tú mismo, sé otro cualquiera, qué más da. Ya está bien de ir por la vida haciendo el gilipollas.» Delante de mí iba caminando una viejecita enlutada y un poco jorobeta. Le parecerá una tontería, pero desde niño yo había deseado saltar por encima de una vieja, como al potro en las clases de gimnasia. Pero nunca hasta ese instante me había atrevido a hacerlo. Ahora sí. Tomé carrerilla y, posando apenas las manos en su chepa, la salté limpiamente. La vieja yo creo que ni se enteró de la maniobra. Y con el salto se me cayó la pipa del bolsillo y se partió contra el suelo. Yo dije: «¡Anda y que se joda!», y salí corriendo de alegría sin saber adónde. Corría como el ladrón que huye con lo ajeno pero ya casi suyo. Luego, a un mendigo le di de limosna las gafas. Y ya ve, allí di por concluida mi adolescencia, cuya más perdurable prenda sigue siendo un fantasma.

¿Y qué podría contarle ahora? ¿Por dónde seguir en esta aldea en ruinas que es la memoria al cabo de los años? Permítame de nuevo un pequeño discurso. Hay gente que vive en el hoy y el aquí y para quien el pasado es cosa muerta, fuera de las reliquias y souvenirs al uso. Otros sin embargo viven en un presente que fluye sin cesar del pasado, y cuyas aguas tienen el sabor de las fuentes originarias, y de los tramos por los que pasó, y de las sustancias benéficas o tóxicas que arrastran, de manera que al vivir el hoy están viviendo algo del ayer, algo que nunca acaba de vivirse del todo. Son nuestros pequeños entonces de ahora. La vida, ¿quién la entiende? Vamos y venimos, y en ese deambular conocemos gente, reímos y lloramos, construimos y destruimos, gastamos el cuerpo y los años como una cantimplora de viaje: a sorbos, y si bailamos o brincamos notamos que dentro suena cada vez menos vida, y más sonora cuantos menos sorbos van quedando, como un puñado de semillas que no hacen árbol pero dan a cambio un buen son de maracas.

Y sin embargo a veces vivir es la cosa más sencilla

del mundo. De pronto todo se simplifica y aparece, sin anuncio previo, la felicidad. Su Majestad la Felicidad, a la que todos rendimos pleitesía. Fíjese, hace muchos años un día como tantos fui a comprar el pan y Lucas salió de donde el horno vestido de blanco, risueño, el pelo de harina, y se puso a bromear con los clientes. «¿Hay rosquillas?», preguntó alguien. Y Lucas: «Hoy no hay rosquillas. ¿Es que no sabes que cuando llueve no se pueden hacer rosquillas?». Nosotros sonreímos, unos más y otros menos. Crisantos, cartero jubilado, se volvió hacia mí impostando un vozarrón de trueno: «¿No has oído? Los días de lluvia no hay rosquillas». Otro añadió no sé qué ocurrencia, y otros metieron también baza en la burla. Una vieja malhumorada, que se había tomado la cosa en serio, preguntó entonces: «¿De qué habláis ni habláis? ¡Qué coño tendrán que ver la lluvia y las rosquillas!», y todos nos echamos a reír. Le parecerá ridículo, y sin duda lo es, pero le juro que por un instante fuimos felices, allí, en la panadería, aquel lejano día de lluvia. Incluida la vieja. Y ya ve, ahí está ese humilde átomo de vida, invicto en la memoria, en tanto que he olvidado otros de más bulto y representación. Fue sólo un instante, pero suficiente para entrever por él lo hermosa y fácil que puede ser la vida. Y es que en ocasiones la felicidad se regala sin más, es un tesoro de calderilla que, aun así, sigue siendo tesoro. La vida, que nada vale, lo es todo, ya ve qué paradoja.

Pero otras veces este negocio de vivir es en verdad cansado y poco productivo. Podría ponerle muchos casos. De niño llevaba incluso una lista de gente que iba conociendo, para cada uno una ficha, en plan policial. Llegué a tener más de mil fichas y ahí lo dejé, no sé si por aburrimiento o por pereza. Y de toda la muchedumbre de tipos que uno ha conocido, la mayoría son apenas siluetas en la niebla, pero hay algunos, sin embargo, que siguen ahí, más nítidos y pujantes que nunca. ¿Se acuerda del señor Tur, el hombre con vocación sedentaria condenado a ser nómada? Pues le contaré un caso inverso: el del nómada metido por fuerza a sedentario.

Verá, es la historia vulgar de siempre, la que todos sabemos, la que se cuenta a todas horas en las colas de los cines, en las esquinas y cruces de caminos, en los programas de televisión donde la gente va a exponer sus penas y ambiciones, en los cafés y tabernas en las noches de invierno, la que necesita de pocas palabras y cuyo desenlace no puede ser otro que el de un suspiro y algunos cabeceos de aflicción, una historia insignificante y más bien grotesca, aunque para los que la conocimos de cerca, y llegamos a formar parte de ella, es también triste y ejemplar.

Se llamaba Florentino y lo recuerdo riéndose una mañana de domingo con su risa franca de muchacho, y luego definitivamente serio en su caja de muerto, veinticinco años después. Del mismo modo que es raro llegar a percibir el rumor de la historia, pocas veces también se nos ofrece la oportunidad de contemplar la trayectoria de alguien en toda su extensión, desde su nacimiento (no a la vida, sino al sueño) hasta el sueño definitivo de la muerte.

Su padre era carpintero fino y le enseñó el oficio desde niño, de modo que se convirtió pronto en un buen artesano, y hacia los veinte años, porque su padre murió joven, heredó el taller familiar. Pero a él no le gustaba aquel trabajo, ni vivir siempre en la misma casa, en el mismo barrio, en la misma ciudad y con la misma gente. A él lo que le gustaba era la vida libre, la aventura, el desorden y el riesgo. Hubiera sido feliz de pionero en el Lejano Oeste, peleando con indios y forajidos (o siendo él también un forajido), amansando tierras bravías, yendo a la búsqueda del búfalo o del oro. Le encantaban las películas y las novelas del Oeste, aquellas novelitas que se alquilaban entonces en los quioscos por unos pocos céntimos. Las leía con devoción, viviéndolas, dándoles crédito, indignándose o celebrando los avatares del relato, un poco a la manera de don Quijote con sus libros de caballerías.

Y bien. Era alto y fuerte, y siempre estaba alegre y con ganas de hacer cosas nuevas, de ponerse en marcha para cualquier pequeña correría. ¿Por qué no vamos aquí o allá?, ¿por qué no hacemos esto o lo otro?, ¿y si nos acercáramos a Aranjuez o a Alcalá a ver qué pasa por allí?, ¡vamos a bañarnos al Jarama!, ¿qué hacemos aquí que no estamos en otra parte?, y nos contagiaba con su incansable vitalidad, con su optimismo, con sus continuas invitaciones al juego de vivir. Porque eso era para él la vida, un juego, un espacio libre de leyes y coacciones, la hoja en blanco que le dan a un niño para que dibuje en ella lo que quiera. Y, como los niños, o como el hombre que sufre la nostalgia de un desorden feliz, vivía a cualquier hora en un estado natural de inspiración.

Era ahijado de mi madre, los dos del mismo pueblo, y de vez en cuando venía a vernos a casa. Si yo tenía entonces trece o catorce años, él debía de andar por los veinticuatro o veinticinco. Mi padre, que era guarda de obra, lo apreciaba mucho, tanto por su carácter emprendedor y bullanguero como por el dominio que tenía de su oficio. Mi madre, sin embargo, le decía: «Lo que tienes que hacer es casarte y formar una familia, que ya va siendo hora de sentar la cabeza». Vivíamos en un piso barato en las afueras del sur de Madrid, y por un lado había campo con el perfil de la ciudad al fondo, como el decorado de un teatro, que con los años vimos cómo se iba acercando cada vez más y más, hasta que nos engulló, y por el otro había sólo campo, nada más, con algún merendero o una casita en una huerta o una nave industrial, accidentes desperdigados, todo lo cual fue también engullido cuando la ciudad se extendió en esa dirección. «Y pagar la entrada de un piso, que con la carpintería te puedes ganar muy bien la vida y reírte del mundo.»

Y sí, mientras pudo, Floren se rió del mundo. Bueno, a su manera. La época no era propicia a las gestas y sí a las vidas laboriosas y humildes. Así que a falta de otras mejores, se inventaba sus propias aventuras, y a menudo me llevaba de escudero con él. Eran lances de poco pelo, travesuras, pequeñas fechorías escritas en los márgenes de la vida diaria, pero que aliviaban su hambruna de andanzas y prodigios. Tan pronto íbamos a los descampados a cazar pájaros o conejos como a pescar ranas de noche con una luz en charcas y arroyos de la periferia que él se sabía de tanto deambular por Madrid, o de pronto decía: «¡A ver dónde lleva este autobús!», y acabábamos en pueblos o extrarradios desconocidos, y todo aquello era una fiesta para Floren, y un motivo para mantener viva la llama de la acción. Le gustaba escamotear un vaso o un cubierto en un bar, deslizarse de noche en un caserón abandonado, discutir y armar bronca por nada, entrar en el metro sin pagar, disfrazarse de rico o de mendigo, o romper de una pedrada una farola y salir corriendo como si nos persiguiera el mismo diablo. «Me gustaría ser un rufián y hacer estragos en el mundo», me confesó una vez. Y un día se metió, y yo con él, por la boca de una alcantarilla y anduvimos con una linterna durante varias horas por galerías rezumantes y sórdidas. «¿A que es emocionante?», decía. «Si fuésemos bandidos, ésta sería nuestra guarida.»

Un domingo, después de muchos prolegómenos y de hacerme jurar solemnemente que nunca se lo diría a nadie, me confió su gran secreto. En un monte del norte de Madrid tenía un refugio que él mismo se había hecho. Excavando entre lo hueco de las raíces de un enorme roble y apuntalando con vigas de madera, se había construido una cueva, donde a veces se iba a vivir durante varios días, y donde yo también dormí más de una vez. Era muy difícil y trabajoso llegar allí. Había que bajarse del tren en un apeadero solitario y caminar unos quince kilómetros por terreno solitario y abrupto. La entrada estaba oculta por una zarza y una mata de brezo. Dentro había una colchoneta, un hornillo de petróleo, víveres, una escopeta, herramientas, aparejos de pesca, y todo lo necesario para sobrevivir. «Ahora estamos seguros y a gusto», me dijo la primera vez que entramos juntos y nos sentamos en el suelo a la luz de una vela, «mejor que un rey en su palacio.» Y era verdad, porque allí dentro se sentía uno libre, y a salvo de cualquier amenaza. En una ocasión pasamos allí tres días, con sus noches, sólo por el placer de la aventura y de la libertad. «No hay nada más bonito que la libertad», solía decir.

Ésas eran sus gestas. Actos inocentes y desesperados, juegos que mantenían la vida en tensión hacia un futuro legendario, y con los que intentaba escapar (ahora lo sé) de una trampa que ya se cerraba sobre él. Quizá de ahí le venía su desasosiego. La carpintería la tenía medio abandonada. Se ponía a trabajar y, al rato, echaba el cierre y se iba a andar sin rumbo, siempre atento a las pequeñas aventuras que pudieran surgirle en el camino. Y siempre urdiendo proyectos, que él pensaba que llegarían como llega la primavera, puntual y de balde. Hablaba de viajes, de ser cazador en África y dirigir safaris y enamorar a la chica rica y guapa de la expedición, y lo contaba sin prisas, con todo su colorido y pormenores. O marino, o mercenario, o detective, o gánster, o pastor trashumante... Y todos sabían (quizá yo entonces todavía no) que aquellos planes eran sólo una fabulación, un hablar por hablar. Supongo que el gran río romántico, el sucio río de ensueños que atravesaba Madrid en aquel tiempo, jugaba a arrastrarlo también a él hacia alguna lejana playa de desolación.

Y, entre otras cosas, ya al final de nuestras correrías, una noche saltamos una tapia y entramos en un jardín iluminado por la luna. Floren cortó rosas para su novia, y cuando ya nos íbamos nos cruzamos con un hombre flaco y pálido que paseaba lentamente, vestido con bata y zapatillas caseras. «Buenas noches.» «Buenas noches.» Salimos por la puerta principal, como señores, cada uno con un ramo de rosas, y los empleados nos hacían reverencias, y ya en la puerta leí un cartelito que decía: «Se precisa botones». Así que por un momento, lo que es la vida, Floren y el señor Tur se cruzaron y se saludaron, el nómada y el sedentario, y nunca olvidaré aquel encuentro, que siempre me pareció una burla magistral del destino.

Porque, en efecto, tenía una novia allá por Parla, de la que nunca hablaba y a la que iba a cortejar dos o tres veces por semana. En esos casos se ponía un traje, se peinaba hacia atrás con fijador, y se convertía en un hombre tan serio y formal, y de porte tan rígido, que parecía otro. Sí, la vieja, la inmemorial trampa que se iba cerrando sobre él y dejándole un único escape, como ya usted habrá imaginado. Porque ésta es una historia común y previsible: la más vieja del mundo. Como un director de escena, el destino le fue dando instrucciones, que él cumplió, si no con vocación, sí con decoro. Se metió en un piso a veinte años. Quedaba por Alcorcón y de vez en cuando nos acercábamos a verlo, primero los cimientos, y luego cómo se iba alzando, una planta tras otra, al mismo compás que Floren cambiaba también de humor y de carácter.

Y se casó. Yo estuve en la boda. Allí vi por primera vez a la novia, que se llamaba Conchi, y era un tanto pánfila, y ni guapa ni fea, ni alta ni baja, ni gorda ni flaca, sólo una mujer más entre las mujeres, pero supongo que tan fatal en su secreto atractivo como las más hermosas y hechiceras. Y a partir de ahí dejé de verlo. Sabía de él por mi madre y poco más. Un día, algunos años después de la boda, fui a visitarlos. El piso era pequeño y humilde pero con elementos decorativos de gran lujo: un tresillo imitación cuero, una enciclopedia universal en el mismo mueble donde estaba empotrado el televisor, un compartimiento forrado de espejos para bebidas de marca, otro con copas y vasos historiados, cuadros clásicos en las paredes, una mesita baja con revistas, entre las cuales asomaba la portada rústica y en colorines de lo que me pareció una novela del Oeste. De la risa muchachera de Floren no quedaba ya nada, y había engordado y envejecido prematuramente. Tenía una mirada modorrienta de oveja. Y no sé, me pareció que había aprendido a no poner la realidad al alcance de la nostalgia.

Recuerdo que era por la tarde y él acababa de llegar del trabajo. Conchi, con hechuras ya de matrona, le quitaba virutas de madera de la ropa y el pelo, y era imposible hablar porque ella a cada ratito daba un chillido de alegría al encontrar otra viruta cuando pensaba que ya las había quitado todas. «¡Anda, otra más!», gritaba, y luego: «¡Y otra!», y aquel juego parecía hacerla muy feliz. Floren reía y se dejaba hacer y la animaba a buscar más virutas. Se oían los gritos de apache de sus dos hijos en el cuarto de al lado.

Con el tiempo fui sabiendo que había liquidado la carpintería para colocarse a sueldo fijo en una fábrica de muebles. Y el resto se despacha pronto: las copitas de coñac tempranero y a media mañana, la visita al burdel, el litro de vino en el almuerzo, la ronda de amigotes y los cubatas a la salida del trabajo. Ésos fueron los signos externos de quien nunca fue un rufián pero se esforzó por serlo o al menos por aparentarlo.

Murió al filo de los cincuenta años por causa de sus modestas golferías. Se le jodió el hígado y no sé si algo de la cabeza con tanta copita y tantas frascas de mal vino. Fui a su velatorio, allá por Alcorcón. Había mucha gente, el lugar era angosto, y olía a sudor, a sebo, a tabaco y a noche mal dormida. Era un día luminoso y por la puerta se veía a unas niñas que gritaban y saltaban a la comba en un parquecito que había enfrente, y a mí me entraron unas ganas enormes de huir de allí, de estar lejos de aquel lugar triste y sofocante. Pero de pronto me dio por pensar que Floren no estaba muerto sino minusválido, y que el ataúd era una especie de carricoche para desplazarse, casi un juguete, y que tenía mucha suerte de que nadie le pidiera responsabilidades, como si fuese un niño, como si el espacio inviolable que ocupaba (todos aquí juntos y revueltos y él al otro lado del cristal, tan sobrado de espacio) fuese un lugar de recreo donde al fin había alcanzado la libertad, que era lo más bonito de este mundo. Como si estuviera en el refugio subterráneo que se había hecho en el monte para estar más seguro y feliz que un rey en su palacio. Y entonces me acordé del señor Tur, y pensé en esas dos vidas equivocadas, y lo dichosos que hubieran podido ser de haber trocado sus destinos. Ya en la calle, me prometí que, en su memoria, y como homenaje, algún día volvería a su cueva secreta, y tomaría posesión de ella, como heredero universal que era yo de sus sueños. Y volví, por cierto, aunque en circunstancias muy distintas, y si después hay tiempo, también le contaré ese pasaje de mi historia.

Pero ¿por dónde iba?, ¿a cuento de qué he traído yo esto? No sé, supongo que hablaba de la vida, de sus mal hilvanados años. Y de cómo vivir crea gusto y sinsabor. Y me da pena, ¿sabe? Me da pena ver cómo el tiempo se va llevando por delante tantas historias, alegrías, danzas, juventud invencible, galanterías, risas, coloquios ingeniosos, sueños sustentados en el orgullo del jugador que aun yendo de farol confía en hacer saltar la banca en una noche de fortuna. Da pena todo ese ritual de la felicidad nuestra de cada día, del vivir limpio, y al fondo el rumor siniestro de la historia y sus siniestros personajes...

Verá. Cuando paseo por mi barrio me gusta ver algunas ruinas de aquel triste entonces. Hay por ejemplo una ferretería donde venden tapones de corcho, ratoneras, moldes de latón para repostería, trampas de alambre para pájaros. Hay una ortopedia con lavativas, bragueros y zapatos con alza. Un establecimiento de confecciones –fajas, refajos, corsés, sujetadores que algo tienen de arreos–. Junto a un bareto que proclama su modernidad en una absoluta carencia de estilo, hay un ultramarinos con frutas escarchadas, escabeche al peso, bacalao, un corte de tocino viejo, alubias de tal sitio y dulzainas y longanizas de tal otro. ¡Y la retórica! «Garbanzos de León», leí una vez, y debajo: «Ultra super extra finos».

Pues bien, en esos lugares se congregan a veces gran número de viejos, que se pasan mucho tiempo allí quietos, examinando los productos. Incansables en su curiosidad, interrumpen el paso, se estorban entre ellos, gargajean, blasfeman, discuten, se ponen tan cerca del cristal que parecen niños en vísperas de Reyes. El dueño del ultramarinos sale de vez en cuando y los espanta con palmadas, como si fuesen pájaros. «¡Venga, hala, oxte, oxte!» Ellos se resisten, protestan, se desbandan un poco y al rato ya están otra vez reagrupados ante el escaparate. Otros días, sin embargo, desaparecen todos. ¿Estarán en alguna plaza o en algún parque?, piensa uno. Recorre los parques y las plazas y nada. ¿En la taberna? Ni rastro de ellos. ¿De mirones en alguna obra? Tampoco. ¿Qué ha sido entonces de los viejos? ¿Se los habrá llevado el Inserso de excursión? Durante dos o tres días no se les ve. Luego, de pronto, allí están otra vez, delante de las tiendas, empujándose, refunfuñando, embutidos en sus abrigos y en sus gorras de paño. Y hablan de sus cosas, de cuando la guerra, de cuando Manolete, de cuando Zarra, del pájaro pinto, del burrillo flautista. Y con las garrotas, tac tac tac, van ritmando el discurso. Una vez, al pasar por un pequeño parque del barrio, de pronto hubo un griterío. Vi correr gente; dos muchachas buscaban algo en que subirse. Un inválido remaba afanosamente con su muleta para no perderse el espectáculo. También yo corrí a ver qué pasaba. Una rata había surgido de algún hueco y ahora corría sin rumbo buscando por donde escaparse. Torpes y aguerridos, los viejos habían acorralado a la rata y ahora le tiraban con las bolas de hierro de la petanca. La puntería era mala, la fuerza escasa, pero el tesón era grande y mucha la experiencia. La dejaron finalmente maltrecha, y a lo último un viejo se destacó del grupo y con la suela del zapato remató la faena. Algunos curiosos aplaudieron. «¡La vida es una puta mierda!», le oí gritar por lo bajo al inválido desandando el camino.

¿Y sabe usted? Entre ese grupo de viejos de mi barrio, hay un impostor. Yo lo conozco bien, hasta donde es posible conocer a un enigma viviente. Se llama Bertini, o eso al menos sostiene él. También, al parecer, es fontanero, y siempre va con un mono azul y las manos siempre en los bolsillos. Como es muy gordo, y tiene una panza enorme y una papada que parece de buey con su cencerro, todo eso le da una gran presencia, un gran saber estar, aunque también es, por cierto, la cosa más estorbadiza que yo haya visto nunca. Se mueve muy poco y con gran trabajo y lentitud. Por su gran corpulencia, si se pone en medio de la acera, o ciega cualquier paso, ya es muy complicado moverlo de ahí, porque a su pesadez hay que añadirle una mansedumbre y un estar en Babia que, en la práctica, se resuelve en un modo de obstinación. Por lo demás, casi no habla. Su expresión es apacible, aunque inescrutable. Si le dices: «¡Vamos, Bertini, muévete!», él se mueve, pero muy poco para su gran volumen (diríase que más bien hace por moverse), con lo cual uno se topa no sólo con su mole sino con el estorbo añadido de su docilidad.

Sin embargo, yo sé que es muy ágil cuando lo requiere la ocasión, porque una vez lo vi atravesar una calle a la carrera, apremiado por un coche que se le venía encima. Y era digno de ver. Corría sólo con las piernas, y el resto del cuerpo iba rígido y como de prestado, sin participar en la carrera, tanto que parecía ir en andas. Ni siquiera se sacó las manos de los bolsillos. Pero así y todo, se desplazaba con pasos cortos y veloces, como escurriendo el bulto, y en un momento alcanzó la otra acera y se escabulló entre la multitud.

Y este hombre, este tal Bertini, este insólito fontanero, se fue agregando no sé cómo a la tertulia que tenemos unos cuantos conocidos del barrio en el Maracaná, un pequeño bar, que es nuestro lugar de acogida algunos días al final de la tarde. Allí nos reunimos, más por costumbre que a propio intento, unos cuantos tipos de los que quizá luego le hablaré. Y, viéndonos agrupados, Bertini se nos juntó, su enorme masa fue lentamente moviéndose hacia nosotros, hasta formar parte del grupo.

Pero, claro, ¿qué hacer por las mañanas? ¿Qué puede hacer por las mañanas un fontanero sin su cartera de herramientas? Porque casi nadie ha visto nunca esa cartera, y como ya le dije, siempre y a todas horas lleva las manos metidas a fondo en los bolsillos del mono laboral. Así que supongo que lo mismo que hizo con nosotros, los habituales del Maracaná, lo hizo con los viejos. Se fue sumando a ellos como si fuese uno más, es decir, un anciano o aprendiz de anciano, es de suponer que fingiendo alguna dolencia, dándole al rostro un aire de caducidad, convirtiendo en minusvalía su gordura y natural quietud, hasta que fue aceptado por el grupo, de modo que yo le he visto muchas veces, con su mono de fontanero, lucir de viejo entre viejos de verdad, y disfrutando de las ventajas y privilegios propios de la vejez. Luego, al atardecer, cuando los viejos se han retirado a sus hogares, aparece rejuvenecido por el Maracaná.

¿Que si trabaja en su oficio? Hace algunas chapuzas. Algún vecino del barrio viene a veces a solicitar sus servicios. El trato se hace así: él escucha al cliente desde lo remoto de su silencio y lo inescrutable de su expresión, y asiente, o hace un mínimo gesto de contrariedad, las manos siempre en los bolsillos. Tras la exposición de los hechos, se concede una larga pausa reflexiva, al final de la cual dice: «No tengo aquí las herramientas». Es la frase más larga que le hemos oído decir nunca, la señal más compleja que nos ha llegado de su espíritu. Sigue un silencio incierto. Dice el cliente: «¿Y cuándo puede venir a casa?». Pregunta problemática, a la que Bertini tarda un buen rato en contestar. «Vivo lejos», dice al fin, o «Vivo por Aluche.» Éste es Bertini: es fontanero, vive por Aluche y se viene a trabajar a Chamberí sin su cartera de herramientas. Si hay una aristocracia de la medianía, yo creo que es él, Bertini, quien mejor puede representarla.

Y hay un momento estelar, que es cuando se saca las manos de los bolsillos, resopla, extrae del bolsillín superior del mono una libretilla y un cabo de lápiz y toma nota del domicilio del cliente. Si esto ocurre en el Maracaná, todos los habituales nos quedamos suspensos, magnetizados por ese suceso singular. Si es por la tarde, deja la chapuza para el otro día, pero si es por la mañana, inicia un lento y aventurado peregrinaje a Aluche, regresa con la cartera de herramientas, hace la chapuza (o más bien parte de ella, dejando el resto para el día siguiente, o mejor dicho, para la tarde siguiente, porque las mañanas las dedica a cultivar su prematura ancianidad), y al final cobra el trabajo más un plus por las horas de desplazamiento en busca de su cartera de herramientas. Esto es, por encima, lo que puedo contarle de Bertini.

Lo que no sé (siempre me pasa igual) es por qué ha aparecido aquí Bertini. Bueno, supongo que porque así es mi vida, porque voy y vengo y no sustancio nada. O quizá sí. Quizá le cuento esto porque de mí mismo no tengo mucho que decir (mi vida no tiene apenas argumento; es sólo un amontonamiento de cosas desparejas y de poco valor), pero de la gente que he conocido me pondría a hablar y no acabaría nunca. No entiendo ese afán de conocerse uno a sí mismo y andar hurgando y como hozando en las entrañas inmundas de la identidad, a veces incluso con ayuda de profesionales. ¿Qué espera uno encontrar en ese estercolero? ¿Se imagina un epitafio que diga «Aquí yace uno que logró conocerse a sí mismo»? No, a mí lo que me parece interesante es el mundo, el asistir gratis al espectáculo de los demás. Bastante tiene uno con llevarse a sí mismo encima todos los días del año y las horas del día. ¿No cree? Bah, a la mierda el yo y sus circunstancias.

Fíjese, el Maracaná, por ejemplo. ¿Sabe usted por qué se llama así? Porque, allá por los años cincuenta, unos cuantos tipos se reunían en ese lugar para escuchar las retransmisiones radiofónicas de la selección brasileña de fútbol. Como era muy de noche, y eran varios los allí reunidos, tuvieron que solicitar un permiso al Ministerio de Gobernación. Y uno de ellos que era electricista se las ingenió para hacer una antena con un alambre y una cacerola. ¿Tanto les gustaba el fútbol? ¡Qué va! Lo que les gustaba era la clandestinidad, el introducir alguna excepción en sus vidas, y sobre todo el propio invento de la radio, es decir, la fe en la ciencia, en el progreso, el prodigio de lo racional. Muchos años después, también unos cuantos nos reunimos allí, ya sin fe ni secretismo, pero aportando cada cual sus opiniones y creencias, que ésa es el alma del negocio, levantar cada tarde allí un teatrillo de controversias y afinidades en el que nosotros somos los empresarios, los dramaturgos, los actores y los espectadores. Todos hemos ido trabajando nuestro personaje, matizándolo de tal modo que hasta los lapsus, las improvisaciones, las incoherencias están, digamos, dentro del guión. Y esa confusión más o menos controlada, ese poner cierto orden en el fárrago de la vida, nos concede a todos una seguridad, un lugar estable en el mundo.

Y, a propósito de la identidad, déjeme presentarle

a otro de los personajes del Maracaná. Su nombre importa poco porque todos lo conocemos desde siempre como el hombre Chicoserio, y en ese mote está contenido lo esencial de su retrato físico. Ahí lo tiene usted en la barra del bar, comiendo unos frutos secos. Come con dificultad, dando palos de ciego, porque le quedan pocos dientes y no siempre acierta en el mordisco. Lleva un tabardillo verde como el náufrago restos de algas salobres y otros desperdicios. Muy raramente ríe. Lo exiguo y enjuto de su estampa le da un aire patético a la gravedad de su expresión. En sus ojos brilla un tesoro, aunque pálido, de experiencia. Estamos ante un hombre de mundo. Bebe cerveza: se acerca el vaso a la boca y sorbe de la orilla, como si se fuese a escaldar. Cuando ríe, eso sí, lo hace con ganas, y por un instante comparece en la sonrisa el alma, y bailan sus pocos dientes en la encía descarnada como impúdicos sátiros en el claro de un bosque.

Este hombre no ha tenido suerte en la vida. De joven (ahora andará por los sesenta) quiso ser actor. O, mejor dicho, payaso de circo. Porque todos sus proyectos han sido siempre hacederos y humildes, y el único exceso que se ha permitido es amar de lejos, platónicamente, el arte y las palabras. Pues bien, no consiguió nunca disfrazarse. Por mucho que se pintara la cara y se vistiera a lo estrafalario, los niños siempre lo reconocían. «¡Tú no eres el payaso!, ¡tú eres el hombre Chicoserio!», gritaban, y ahí se acababa la función. Era demasiado bajo para ser militar y demasiado alto para enano de circo o torero charlot. Luego, durante un tiempo, vivió de ir y venir, como el buhonero que apenas vende mercancía y ha aprendido a subsistir así, no tanto del vender como del deambular. Finalmente se colocó de ordenanza y ahí sigue, camino ya de la jubilación.

Más cosas. No ha conseguido encontrar una mujer a su gusto. Tuvo un gato y se le fugó. Tuvo un canario y un día vino el cernícalo y por entre los barrotes metió la garra y lo mató. En su casa siempre hay goteras, o un escape de gas, o un conato de incendio, o aparece una grieta en el techo, o de repente se le llena la casa de polillas o las puertas y ventanas se alabean y no encajan. Las heridas se le infectan todas, le falta siempre algún botón de la camisa o del abrigo, se abrocha a conciencia los cordones de los zapatos y al poco tiempo ya están otra vez desabrochados, trae la camisa limpia y, por mucho cuidado que ponga, al ratito ya la tiene manchada. Sale a pasear al campo y le muerde un perro. Duerme mal, le aprietan los zapatos, y el médico le ha prohibido el alcohol y el tabaco y lo ha puesto a dieta de frutos secos y verduras hervidas. Y él no acaba de entender por qué le pasan esas cosas siendo como es un hombre que no aspira a casi nada. Porque a él le basta con saberse agregado al mundo, testigo y parte de las cosas. Tramitar su jornada sin angustia, transferir cualquier deseo de gloria y permanencia a la época, a la especie, al barrio o a la tribu, y reservarse un lugar junto al fuego, sólo eso. Tomar su caldo guarecido entre las piedras que alzaron sus mayores. Y nada más.

Por eso a veces eleva el tono y dice: «Que a alguien se le niegue la gloria, se comprende: el destino es avaro con los elegidos. Pero el elegido es fuerte y feliz en el fango». Y pone ejemplos de poetas y sabios, de santos, científicos y músicos, que han habitado en un cuarto con ratas y compuesto sus obras sobre un cajón y a la luz de un candil, con una gotera cayéndoles en la nuca. «De acuerdo, está bien, el destino sabe poner a prueba a quienes se atreven a tanto», sigue diciendo. «Que se jodan. Pero ¿qué le hemos hecho al destino los que no nos creemos elegidos para nada sino, al contrario, procuramos evitar las ratas, el cajón, el candil, la gotera, y así y todo sentimos mojada la nuca, irritados los ojos, heladas las manos y estamos allí, sin ninguna obra que componer, sin ningún ideal que nos caliente por dentro y sin ningún Dios con el que hablar o en el que creer? Ésa es la adversidad.»

Así que el hombre Chicoserio es un hombre trágico sin gestas. «¿Qué le he hecho yo a los dioses para que me manden todas estas pequeñas calamidades que no sirven para ser contadas como hechos magníficos pero que a la vez le joden a uno la vida a cada instante?»

Pero, aun así, el hombre Chicoserio va tirando. No es feliz, pero tampoco tiene motivos para considerarse especialmente desdichado. Ni el infortunio ni la providencia han sido generosos con él. Vive en tierra de nadie, sin saber bien a qué atenerse. Trabaja, come sus frutos secos, bebe su coca cola, o su cerve-

za, hace tertulia, y luego se abriga bien en su tabardillo y se va a casa, donde quizá le espera una nueva y
mínima adversidad que le estropee la noche. Tiene
una broma a medias con Santiago, el dueño del Maracaná. Santiago dice: «Parece que llueve». Y él: «¿No
será el señor obispo?». Santiago: «Pero ¡si murió en Car-
nestolendas!». Y cierra él: «Por eso digo que no será».
Al parecer, eso los hace felices a los dos.

La vida es extraña, ¿no cree usted? Pero de cualquier modo nos gusta vivir. Bueno, en mi caso he de
decir que la vida me gusta no tanto en el momento
de vivirla como después, cuando la recuerdo y puedo
recrearme en los detalles que con la fugacidad y el fragor del presente no tuve tiempo de saborear... ¿No
oye? Parece que ha empezado a llover.

Estaba pensando que quizá ésta sea la última vez que oigo llover. Cuando llueve me gusta salir al balcón, si estoy en casa, y a la puerta cuando estoy en la tienda. ¡Ah!, ¿que no le he contado aún a qué me dedico? Soy comerciante, tendero. Tengo una papelería, con algo también de librería, y revistas, y me agrada mi oficio. Es independiente, apacible, y no me ocupa mucho tiempo. Quiero decir que, entre cliente y cliente, tengo muchos ratos libres para leer, para hacer crucigramas, para estudiar partidas magistrales de ajedrez, para pensar o fantasear, para ver y oír llover, para curiosear en internet o para no hacer nada.

Y es una ocupación que no me obliga a hablar demasiado. Porque yo amo el silencio, no se ría, no se deje malmeter por las apariencias. Jamás he hablado tanto como hoy. Quizá de joven sí, alguna vez, pero luego fui enemistándome con las palabras, desconfiando de ellas, de ese poder que tienen para envenenar y corromper el alma y enturbiar la mirada. ¿Me permite de nuevo un pequeño discurso? No existe, no puede existir el mirar puro, porque enseguida las palabras se meten por medio y se convierten en prota-

111

gonistas. Pero, por otro lado, ¡pobres palabras! Palabras que uno creía fieles y seguras, de pronto las ves lucir en la boca o en la pluma de gente inicua, y entonces sientes una mezcla de piedad y de rencor por ellas. Y luego están los que trafican con las palabras, los que las violentan, las esclavizan, las falsean, las deforman, las mutilan, o con dos hacen una, o juegan promiscuamente con varias, dándoles trato público de putas callejeras. Es como el niño que, embobado por el funcionamiento del juguete, lo destripa y ya no quiere jugar más. Como el general que en pleno campo de batalla sufre un delirio repentino que lo lleva a hacer un número de majorette con su bastón de mando. Como los bomberos que, olvidándose del incendio, pasan a disputarse entre sí la manguera. O como esas nobles casas solariegas en que los hijos laboran pacíficamente los campos, hasta que luego, muerto o asesinado el padre y descuidadas e infecundas las tierras, los herederos se disputan los aperos y, haciendo las partijas y tomando cada cual lo que puede, se independizan y fundan casa propia. No, mejor el silencio. Cualquier cosa menos esa trifulca de perros repartiéndose a dentelladas la carnaza del diccionario. Sí, hay días en que me repugna el lenguaje, los que hablan, los que oyen, los que rezan, los que blasfeman, los que callan, todos, todos por igual...

¿Sabe? Dios y las palabras llegaron juntos a mi vida. Juntos y revueltos. En mi casa no íbamos nunca a la iglesia. Pero un día mi padre, que apenas hablaba, me dijo: «Ve a misa, a ver qué sacas en claro.

Nada se pierde por probar». Así que un domingo fui a la iglesia y escuché por primera vez un sermón y me quedé como alelado, pero no por lo que se hablaba sino por la mera música verbal. ¡Cómo sonaba y resonaba aquella voz en aquel lugar enorme y retumbante! ¿Qué le parece? Fui en busca de Dios y me encontré con esa otra divinidad omnipotente que es el lenguaje, y eso me duró ya para siempre. Recuerdo por ejemplo que, durante una época de mi juventud, asistía a conferencias, a tertulias, a sermones, a debates, a discursos políticos, a todo tipo de oratoria, y no para entender y aprender (de hecho, asistía a charlas en diversos idiomas) sino únicamente para escuchar la música de la lengua interpretada por solistas distintos y con distintos instrumentos. Me recreaba en la entonación, en el timbre, en el compás expositivo, en los acentos, en las pausas, además de los gestos, claro está, ya le conté aquella conferencia del juez, no sé si se acuerda, y raro era el día que no salía de casa para asistir a algún concierto de palabras. No me bastaba la radio o la televisión. No, no, yo prefería la música en directo.

Pensé incluso en ingresar en un convento para llegar a ser predicador, pero por otro lado también quería ser monje contemplativo, de esos que hacen de por vida voto de silencio. Créame: amo el silencio sobre todas las cosas. Me purifica, me ennoblece. En el silencio llego a amarme a mí mismo. Y sin embargo (de igual modo que, siendo apacible, tengo accesos de ira) a veces me dejo llevar por la incontinencia verbal.

Por ejemplo, en mis relaciones sociales yo preferiría no hablar, o hablar sólo lo justo, pero en cuanto me descuido ya estoy metiendo el pico en la conversación, opinando de esto y de lo otro, como usted ya habrá observado, tomando partido, y como me cuesta poco enardecerme, no es raro que termine quitándole la voz a todo el mundo y hablando a gritos entre visajes y aspavientos. Luego, cuando me voy a casa, no sabe hasta qué punto me desprecio a mí mismo. Me siento sucio de tanta verborrea. Entonces guardo silencio durante varios días, hasta que me noto de nuevo purificado de palabras.

Pero, en fin, así es la vida. Igual que llevamos algo de calderilla en el bolsillo, o como el excursionista que echa en la alforja un poco de condumio, así también hemos de tener algunas opiniones para los pequeños gastos sociales de cada día. Y no basta con abstenerse, porque esa renuncia es ya una opinión, con la agravante acaso del sarcasmo, y debe también justificarse. Sí, el silencio no es más que un desagradable incidente dialéctico. Hay que opinar, pues.

Y en tal caso, ¿nos resignaremos a ser prudentes y a parecernos de ese modo a todas las personas prudentes de este mundo, o buscaremos mejor el lado original o excéntrico y engrosaremos entonces el gremio de las personas variopintas? En cualquier caso, ahí estamos, usando el silencio como vertedero donde echar toda esa basura verbal que genera la extravagancia o el sentido común. Nos gusta divagar, movernos como anguilas en ese fondo de liviandades inconexas. Y a veces ocurre que una opinión fragua en creencia –es decir, en verdad–, que es tanto como el ratón que pare una montaña. ¿Y qué puede hacer uno cuando se ve convertido en propietario de una verdad? Velar por su tesoro, supongo, como el viejo avaro, contar cada noche sus monedas para asegurarse de ellas, de que los ladrones de verdades, los ratones de dogmas, no han venido a roerle un poco de su oro. Luego, si la verdad tiene éxito, puede llegar a ser un buen negocio. Y es que una saludable dieta espiritual exige el consumo, aunque sea moderado, de verdades frescas y nutritivas. De hecho, todos conocemos a gente que vive del usufructo de una verdad o de un misterio...

¿Ve? Ya estoy otra vez divagando. Pero no me negará que es bonito hablar y debatir. Jugar con las palabras y los argumentos. ¡Y degustar la oreja del prójimo con labios elocuentes! No hay mejor fiesta que la fiesta verbal. ¡Qué gran teatro! Uno mete la barbilla en el pecho y en lo profundo de una idea, otro se acaricia la quijada o la boca, otro maquiaveliza la mirada, otro se echa atrás admirativo o escandalizado, otro desvía el curso del diálogo hacia el redil de una sentencia, otro apadrina una tesis hincando el índice en el aire (¡ahí, ahí le duele!), otro hace un gesto evangelizador, otro enseña como el malabarista sus manos limpias de trampa y dice: «Os voy a ser sincero». ¡Ah, qué gran momento ése, cuando irrumpe en la conversación el monstruo de la sinceridad! Algún ingenuo quizá piense: «Cuidado, que éste va en serio». Y hay algo terrible en todo esto. Porque, créame, nosotros queremos ser sinceros, jugamos fuerte para serlo, nos arriesgamos, confesamos incluso nuestras más íntimas miserias, pero, así y todo, no lo conseguimos. Decimos lo que sentimos y pensamos, y aun así seguimos siendo inauténticos, estamos condenados a la falsedad.

Luego están los que pescan siempre en aguas profundas. Y esto, como todo, ocurre también con los autores de libros. Pescan nada, un pececillo de nada, pero eso sí, siempre en aguas abisales, porque no importa tanto la pesca como el arte de la inmersión. Y es que hay algunos que hablan o escriben tan veladamente y tan para sí mismos que parece que el mensaje va a cobro revertido: es decir, que los gastos corren por cuenta del lector o el oyente. Son gente que, antes de decir algo, ya lo están matizando. Y son gente que ama la verdad, créame, y la busca a su modo. A lo mejor es que la verdad rehúye por norma el hospedaje gratis que le ofrecen las palabras. Pero, por otro lado, tampoco en el ardor del debate es pecado mentir. O trampear entre el saber y la elocuencia. Al revés, es legítimo, como las emboscadas en las guerras o el farol en el póquer, porque al fin y al cabo siempre se miente en defensa propia. Y muchas mentiras, ¿qué son sino la versión libre de una verdad? ¿Y qué decir de los eruditos de diccionario? Es decir, el que rebusca, el que expolia, el que roba la flor para lucirla en el ojal. El chulo de putas del diccionario. El que no hay frase en que no deje algunas palabras de propina.

¡Ah, y las citas! ¿Quién no tiene veinte o treinta frases memorables, ases en la manga, tinta de calamar, uña de alacrán, pelo de ahorcado, sagrado al que acogerse, pata de conejo, sonajas mágicas...? Y, en último extremo, ahí está la cultura china o el filósofo griego, de los que todos llevamos alguna participación, como en la lotería de Navidad...

Ya lo ve. Enseguida me olvido de las virtudes del silencio. ¿Qué me habrá hecho a mí el lenguaje para que ande siempre a la greña con él? Verá, de jovencito, cada vez que encontraba una palabra abstracta, como no era capaz de comprenderla, recurría al truco de darle forma material y transformarla así en imagen. Es decir, pensaba con la imaginación, cosa que, en general, no he dejado de hacer hasta ahora. A veces pienso que las cosas, en cuanto se saben contempladas por ojos humanos, corren pudorosamente a disfrazarse de símbolos. El tiempo era un río, la justicia una balanza y la paz una paloma. Hasta ahí, sin problemas. Pero ¿y «honor», «absoluto» o «esencia»? Recuerdo que para «esencia» opté por la cigüeña porque me parecía que aquel modo de estarse tan quieta y tan escueta, y tan suya, con una pata escondida, allí en lo alto de un campanario, valía más o menos por ese concepto. Y de ese modo podía inventarme frases del tipo de «la esencia está a solas en la alta brevedad de sí misma», o «desde las altas torres de la esencia de

117

cualquier objeto se contempla la realidad objetiva como a vista de pájaro», o «podrá emigrar el ser de una circunstancia a otra, pero siempre llevará consigo, fatalmente, su esencia inalienable», o «el ser es sólo un signo inmóvil sobre la agitación del existir», y todo eso pensando, claro está, en la cigüeña.

Así que yo me defendía del bandolerismo verbal de lo abstracto con la picaresca de lo metafórico.

Fíjese, recuerdo que, acerca de estas trampas, una vez alguien dijo en el Maracaná que España es un árbol frondoso sin apenas raíces. Y a mí se me ocurrió decirle: «¿Y por qué no un pequeño matorral con hondas y fuertes raíces?». Y allí estuvimos toda la tarde discutiendo sobre el árbol y el matorral, sin llegar, obviamente, a nada. Es más, al final terminamos hablando de caza, de la mixomatosis de los conejos.

Total que, de tanto traducir conceptos a imágenes, a la larga he olvidado a los filósofos y sus ideas pero no los objetos contantes y sonantes que los esclarecían, y si alguien cita a Heidegger o a Platón yo a lo mejor oigo un rugir de leones o veo girar un tiovivo al compás de una alegre musiquilla infantil.

Y bien. Yo creo que no sé pensar por mí mismo. Nunca he sabido. Pienso por otros o al rebufo de otros. A una opinión ajena le hurto unas limaduras, o hago un surtido con varias, o tomo tres palabras, reparto entre ellas mi herencia y las mando a pretender a la corte de las ideas, como en los cuentos folclóricos. Las palabras, en cuanto se juntan unas cuantas, se hacen fuertes en una frase y un concepto. Pero no sé pensar mi pensamiento, si es que existe. La realidad no me tiende la rama con sus frutos. Miro alrededor y no encuentro una arista, un poco de pedernal con que hacer saltar la chispa del conocimiento.

Así que, acomplejado por mis carencias, cuando acabé el bachillerato me dije: «Bueno, ¿y ahora qué?». Con mis marrullerías metafóricas quizá pudiese estudiar filosofía. O, dadas mis malas pero vehementes relaciones con el lenguaje, filología, lenguas clásicas o semíticas. Entonces mi padre salió de su silencio y me dijo: «No seas gilipollas, hazte periodista». De modo que me matriculé en periodismo y allí estuve durante casi dos cursos. De esa época no tengo nada que contar. Todas las mañanas me subía a un autobús que iba por una avenida sombreada de castaños de Indias y entraba en un edificio gris donde había siempre un gran tumulto de voces, en el hall, en los pasillos, en las escaleras, en el bar, e incluso en las aulas, porque allí no dejaba nunca de oírse en sordina aquella algarabía, que se mezclaba con la voz de los profesores y hacía difícil seguir con provecho el curso de la exposición. Era un abejorreo continuo, entreverado de gritos a veces histéricos, de cánticos, de guitarras, de clamores, de consignas a coro, y cuando salía de aquel infierno seguía oyéndolo, y aquel ruido se me metió y alojó en el oído y allí estuvo durante más de un año, y aún hoy a veces se reaviva, quiere volver, como el latido de un antiguo dolor.

Luego, se conoce que yo estaba ya maduro para el azar, porque por un azar que todavía no sé si fue feliz o infortunado, un día encontré un trabajo, y precisamente de periodista. Mi padre estaba entonces de guarda nocturno en una obra de Chamberí, y un día me dijo: «Al lado de la obra necesitan un periodista. Ve a ver qué consigues». Y fui. En la puerta del inmueble estaba el anuncio, escrito a mano con muy buena letra: «Necesítase estudiante de periodismo o similar». Esto fue hacia 1970. Y me aceptaron, y así fue como conseguí escapar para siempre de aquel endemoniado edificio gris y parlante y, como quien dice, salir al encuentro de lo que luego resultó ser mi destino.

El hombre que me recibió, que tendría unos diez o quince años más que yo, se llamaba don Máximo Pérez y era el director de la revista, una gacetilla de barrio de lo más rústico, unas treinta páginas tamaño cuartilla cogidas con dos grapas y titulada rumbosamente *Alló Chamberí*. Allí, en una callecita antigua y tranquila que daba a Fuencarral, y en el mismo sótano donde don Máximo me recibió el primer día –un pequeño almacén reconvertido en oficina– trabajé durante casi diez años.

De la revista, le diré que era quincenal y gratuita, que tiraba unos cuatro mil ejemplares, que se mantenía con la publicidad y el patrocinio de establecimientos comerciales del barrio, con dos subvenciones, una municipal y otra eclesiástica, con anuncios de particulares, con suscriptores... y poco más. No era mucho, pero nos daba para ir tirando a don Máximo y a mí, que éramos los únicos empleados y quienes escribíamos, confeccionábamos, distribuíamos y administrábamos la publicación.

La subvención eclesiástica nos obligaba a una sección fija donde dábamos noticias de rogativas, promesas, agradecimientos por mercedes recibidas, horarios de culto y actividades, y un artículo en cada número dedicado a algún santo, a algún milagro, a alguna festividad, a algún suceso memorable... Con la ayuda municipal cumplíamos publicando los logros y mejoras, los proyectos, las inauguraciones, las declaraciones de alguna autoridad, o noticias, avisos y ordenanzas sobre poda de árboles, recogida de basura o de trastos viejos, fiestas, celebraciones, actos oficiales en general. El resto eran entrevistas a notables del barrio, sociedad, sucesos, página literaria, deportes, semblanzas, agenda cultural, pasatiempos, y unas novelitas por entregas donde se contaban los crímenes más nombrados del barrio. Más cosas. Los suscriptores y patrocinadores recibían gratis un almanaque con santoral, previsiones del tiempo, chascarrillos y anécdotas célebres, que elaborábamos por Navidad todos los años. La revista se distribuía en establecimientos anunciantes y en algunos quioscos de prensa. Y eso es todo cuanto hay que decir del *Alló Chamberí*.

Aquello, por otra parte, no daba gran trabajo, porque fuera de las entrevistas o del enigma fotográfico que planteábamos en la página de pasatiempos, lo demás lo trasladábamos con algún retoque de otros periódicos y revistas, o de libros de historia, de todo lo cual don Máximo tenía en la oficina un gran acopio, así que apenas teníamos que salir del sótano para contar con detalle las novedades que se producían en el barrio.

Pero volvamos al lenguaje en alas del lenguaje. Porque de esto estábamos hablando, ¿no es así? Pues bien, don Máximo Pérez fue el que me introdujo a mí en la tertulia del Maracaná, y desde entonces hasta que murió, ya convertido en un anciano, fue siempre igual a sí mismo en su modo de hablar, de pensar y de ser. Allí, en la tertulia, a sus espaldas y entre nosotros, le llamábamos don Obvio, don Mero, don Meramente o don Impepinable, y creo que esos nombres, aunque con un añadido ridículo, lo retratan bastante bien.

Fue un hombre que siempre tuvo razón. Yo lo conocí durante unos treinta y cinco años y en ese tiempo, siempre y en cada momento, le asistió la razón. Fue un virtuoso del sentido común, una lumbrera del término medio, un artista de la obviedad. Y también de la extravagancia, si es que no del absurdo, porque él sometía cualquier materia a la tiranía de la razón hasta darle forma de evidencia. Sus opiniones eran irrebatibles, o en su defecto siempre salían agraciadas con el reintegro, como en la lotería, de modo que en una discusión, si no ganaba, nunca al menos perdía. Daba la impresión de que, cuando decía una frase, la atrancaba por dentro para que nadie pudiera entrar en ella.

Me parece que lo estoy viendo. Su voz es grave y bien timbrada. Habla pausado, y su discurso tiene algo del lento y poderoso avance de una bestia prehistórica. Es robusto y de estatura media, suele vestir de oscuro, con traje y corbata, y su aspecto es un tanto ceñudo pero no amenazante, no estricto ni desabrido en el trato sino al revés: su circunspección esconde un modo tímido y refinado de cordialidad. Es, también, un modesto y tenaz observador: en tal restaurante han mejorado la decoración pero no el menú, la calidad relación-precio de tal televisor es sin duda la mejor del mercado, en tal parque hay una calidad de sombra y de frescor que no existe en tal otro. Son hechos elementales, pero por eso mismo rotundos, y que no admiten controversia.

¿Y sus razonamientos? A mí me recuerdan esos pequeños laberintos de los tebeos que el conejo ha de recorrer para llegar a la zanahoria. Por ejemplo (de lo poco que recuerdo, porque por lo general uno tarda en olvidar sus opiniones lo que tarda en oírlas) una vez habló sobre la fruta. Sí, la fruta como tema de conversación y de polémica. Primero admitió que sobre gustos no hay nada escrito. Luego hizo grandes elogios de la naranja, de los kiwis, de las cerezas, del melón, de las ciruelas, de los melocotones, de las paraguayas, qué sé yo la de frutas que nombró y ponderó: que quedara claro que en este asunto a él no le movía ni el interés ni el fanatismo sino el examen imparcial de los hechos. ¿Y todo para qué? Para decir al final que la mejor fruta, «la reina de las frutas», era sin duda la manzana. Y dio detalles sobre vitaminas, minerales, glúcidos, fibras y demás. Porque don Obvio es un hombre bien informado (no en vano se ha pasado la vida leyendo material periodístico), y maneja cifras, datos, referencias, citas de autoridad. Por lo mismo, la mejor hortaliza es la cebolla, y la mejor legumbre, la alubia.

Terminada la exposición, se hace un largo y abrumado silencio, y a nadie se le ocurre discrepar.

Pero a veces sus laberintos son algo más complejos. Una vez hizo la siguiente cadena lógica. ¿Para qué sirve la libertad? Para poder hablar sin cortapisas. ¿Y de qué sobre todo? De política. ¿Para qué? Para reclamar justicia. ¿Justicia para qué? Para dignificar la vida. ¿Y por dónde empieza la dignidad? Por lo más básico, por el nutrirse más y mejor. Entonces cambió el tercio. ¿Para qué sirve la cultura y el cultivar el espíritu? Para abonar el terreno donde la libertad pueda florecer. Y floreció la libertad, y dio alubias, cebollas y manzanas, y en eso andamos desde entonces: comiéndonos los frutos de la libertad. La libertad, que primero fue flor, y como tal la cantaron los poetas y músicos, luego dio sus frutos, materiales, prosaicos, nutritivos, y entonces sus juglares fueron los sindicatos. De modo que quien no lea a Cervantes o a Kant, que sepa que cuando sube a un automóvil, o en cada plato combinado que engulle, o en cada botón electrónico que pulsa, los está leyendo. Por tanto, la abundancia material es hija del espíritu, como el fruto lo es de la flor y los sindicatos de la poesía. ¿Queda claro el concepto?

Tras su razonamiento, cada cual acude a su vaso, ilustrando la alegoría de la flor y el fruto, da un traguito y aprovecha para suspirar.

Y otra vez, acabo de acordarme ahora, y ésta es una de sus ideas tan estrafalarias como irrefutables, añoró los tiempos en que se podía comprar en los templos una pieza de tela o una orza de aceitunas, o cerrar una operación con un cambista, y aprovechar para, de paso, rezar a Dios y quedar limpio de pecado. Pero desde que Jesús entró allí a latigazos, decía don Mero, el sacerdote y el mercader operan en territorios distintos. Una pérdida de tiempo, de espacio y de dinero. Habría que construir, pues, una gran superficie donde se reúnan iglesia, supermercado, banca, ideologías, cultura, deporte, gabinete psicológico, casa de putas y demás. Porque a don Mero le gustan las grandes panorámicas y las valientes incursiones en la Antigüedad. Hay que buscar lo esencial de las cosas y no enredarse en pormenores y hojarasca. «¿Qué es el hombre? ¿Cómo definirlo?», echó una vez al ruedo dialéctico ese toro. Nadie se atrevió con él. «Pues es bien fácil», argumentó. «Reparemos en nuestra especie y remontémonos a los orígenes. Nos bajamos del árbol, nos alzamos sobre los cuartos traseros, comimos carne y desarrollamos el cerebro, luego nos hicimos sedentarios y echamos culo, inventamos el lenguaje, y ahora estamos aquí, apoyados en la barra del bar. ¿Qué somos en definitiva? En esencia, somos el mono carnívoro, pensador, culón y charlatán, no mucho más que eso.»

Así era, más o menos, don Máximo Pérez. Cuando se disponía a hablar, yo lo veía investirse solemnemente con el bonete del sentido común. Hablaba a veces demasiado alto para defender cosas demasiado pequeñas. Y hablaba con tanto aplomo que uno diría que estaba a salvo de constipados y estornudos. Y cuando escuchaba iba moderando, matizando, aportando datos, poniendo notas a pie de página, haciendo una edición crítica del discurso ajeno. Y es verdad que sus reflexiones tenían esa cosa machacona y sedante de lo que gira sobre sí mismo, como las piedras de molino o las definiciones del diccionario. Había como una masturbación triste, o con la alegría de lo morboso, un chisca que te chisca que al final te dejaba agotado. ¡Cuántas veces, tras comer con él por cosa del trabajo, llegaba a casa al borde de la angustia, ahíto de alubias y obviedades!

Y sin embargo, ¿cómo decir?, sus palabras confortaban a veces, créame, eran modestos platos nutritivos que él ofrecía en tiempos de gran hambruna de clarividencia. Cuando no nos quede nada, pensaba uno, siempre al menos nos quedará don Obvio. Y es que a veces decía: «Mire, un negro es un negro, una manzana es una manzana y una guerra es una guerra». Parece una perogrullada, ¿no?, pero dicho por él aquello escondía una pequeña e impagable lección. Basta repetir una palabra para desenmascararla de su aspecto neutro o inocente. Basta ponerla ante el espejo para comprobar que se parece muchísimo a sí misma, sí, pero que no es exactamente igual.

«Usted, Máximo», le dijo un día Gisbert, «si fuese semáforo estaría siempre en naranja.» Y él sonrió y dijo: «Id, id vosotros delante en el rucio de la fantasía, que yo os seguiré a mi paso en el pollino de la sensatez. Ya veremos quién llega antes y más lejos».

¡Ah!, ¿que no le he hablado de Gisbert? Bueno, Gisbert es otro de los habituales del Maracaná. Él es el que escribía las novelas por entregas del *Alló Chamberí*. Eran historias de crímenes famosos, historias truculentas escritas en el estilo encarnizado y visceral propio del género. Compuso esas obras porque así se lo pidió don Obvio, pero si le hubiera pedido otras, no importa de qué tema, erudito, sentimental o histórico, las habría escrito igual. Él escribe lo que le mandan, hace todo tipo de chapuzas literarias, y en todo pone la misma pasión y el mismo empeño. «Yo sólo soy un profesional», suele decir, medio exculpándose y medio alardeando. Es romántico, cojo y jovial. Y, sí, escribe siempre por encargo, y quizá por eso utiliza un seudónimo: Doctor Linch.

¿Y quiénes contratan su arte? O mejor, ¿a quién ofrece él sus servicios? A publicaciones ínfimas, a hojas parroquiales o revistillas pornográficas, donde lo mismo cuenta vidas de santos que historietas de la más cruda obscenidad, a escritores de éxito que lo emplean como negro, a comercios del barrio que quieren publicitarse con unas coplas o un eslogan de impacto, a usuarios de cafeterías a los que reparte unos versos a cambio de la voluntad, y otro tipo de ofertas a particulares de las que luego le hablaré.

También da recitales poéticos. Es rapsoda, y a veces consigue que lo contraten en un colegio, en una casa de cultura, en una residencia de ancianos. Allí recita, con gran mímica y apasionamiento, obras propias y ajenas, trágicas o jocosas, edificantes o livianas, lo que demande la clientela. Y, en fin, con todo eso, ahí va sobreviviendo.

Una vez le encargaron unas fábulas ejemplarizantes en una publicación pedagógica (yo creo que fue porque hubo una confusión y lo tomaron, a Gisbert, por un autor de fuste), y entre otras de las veinticuatro que compuso, recuerdo sobre todo una que decía más o menos así:

«APÓLOGO N.º 4 DEL DOCTOR LINCH
Sobre las artimañas y salvajerías de la necesidad

»Érase un pastor zamorano que tenía treinta ovejas merinas y un perro mastín, todos sanos, robustos y contentos. Buena música hacían los tres, el pastor con la flauta, el ganado con las campanillas y el perro mastín con la seriedad y el poderío de su ladrar.

»Pero como lo terrenal es siempre pasajero, y así ha de ser, un día dijo Dios: "No es bueno que este pastor y su perro campen tan a sus anchas. Pongámoslos a prueba, a ver cómo se desenvuelven en la adversidad". Y mandó sobre ellos la sequía, y con la sequía sobrevino el hambre, y con el hambre bajó el lobo a los llanos, y a las ovejas les entró la modorra y, un día con otro, de las treinta ovejas que tenía sólo le sobrevivió una. Con esto se demuestra el poco fundamento de la alegría humana en este mundo.

»El pastor fue resistiendo gracias a su zurrón. En cuanto al perro, nadie hubiera dado un ochavo por él. ¡Había que verlo! Perdió el pelaje, perdió su natural

128

ferocidad, y entre que estaba débil y le entró la afonía ya no podía ladrar, se quedó en el puro hueso y se llenó de pulgas y andaba a tres patas, y con la cuarta se iba rascando, pero así y todo encontró el modo de medrar en la necesidad. ¿Y cómo?, se preguntará el curioso lector. Pues nada más simple e ingenioso. Un día el pastor, yendo de pastoría con su única oveja, de pronto descubrió que ahora los perros eran dos, pues el perro mastín se había desdoblado en dos perros chicos, los dos igualitos, tal para cual, uno y dos, los contó con el dedo para no equivocarse. Y allí estaban aquellos dos pequeños mastines, que daba pena verlos. Y aquí se ve cómo la naturaleza, que es sabia, nos enseña a ser mansos y humildes y poquita cosa, para así escapar mejor al infortunio.

»Todos los días sacaban a pastar a la oveja. Los dos perrillos, afónicos y andando siempre a tres patas y rascándose con la otra, la iban escoltando. Detrás iba el pastor con su zurrón, vigilando también. Volvían al oscurecer y la encerraban en el corral. Con esto se demuestra que así es la vida, y que no queda más remedio que aceptarla como venga y esperar tiempos mejores, porque la paciencia es la madre de todas las virtudes.

»Y pasó el tiempo. Y un día dijo Dios: "Demos la prueba por superada. Apiadémonos del pastor y del perro". Y se apiadó. Y obró el milagro de que la oveja pariese por sí sola, sin intermedio de carnero, y siguió pasando el tiempo y creciendo el rebaño. Obsérvese aquí cómo Dios es misericordioso y siempre justo, y nunca castiga a sus criaturas más allá de lo necesario. O como dice el refrán: "Dios aprieta pero no ahoga".

»Y cuando el pastor llegó otra vez a tener treinta ovejas, una tarde ocurrió que los dos perrillos sarnosos, persiguiendo a una oveja, rodearon un matorral. Y he aquí el prodigio. Entraron dos y salió uno, gordo y lustroso, y otra vez fiero y ladrador, y andando sobre sus cuatro patas, como si los tiempos de necesidad hubieran sido un sueño. El pastor, que tenía buen humor y era algo filósofo, cogió entonces una piedra y se la tiró al perro, castigándolo así y divirtiéndose a su costa. Y de esta manera, todo volvió alegremente a su ser primero, y de la necesidad sólo quedaron las artimañas y salvajerías de unos y de otros, y la omnipotencia del buen Dios».

Ésta era la fábula. Se la rechazaron, como todas las otras, con el pretexto de que eran absurdas y carecían de moraleja. Pero él las editó a su costa y las vendía en el barrio, y yo mismo hice una promoción por Navidad en la papelería, y a quien compraba un libro le añadía de regalo los *Apólogos demostrativos del Doctor Linch*.

Pero sus obras más curiosas son quizá las biografías que escribe por encargo para gente que quiere permitirse ese pequeño lujo. Él ofrece aquí y allá sus servicios de biógrafo. Y entonces pasa como con esos productos fútiles que la publicidad convierte en tentadores y finalmente en apremiantes, y siempre hay alguien que sucumbe a la ilusión de legar a la posteridad la magia de su nombre, de lanzar un mensaje en una botella al infinito mar del tiempo, de trazar un signo desafiante desde la cima del abismo, qué sé yo... Qué sé yo lo que moverá a algunos a probar los bálsamos y elixires del Doctor Linch.

Debe de haber escrito ya unas veinticinco o treinta biografías. El biografiado cuenta, él escucha y toma notas (la comida y las consumiciones corren por cuenta del primero: es parte de sus honorarios), y luego escribe, a tanto la página. Lo hace todo a gusto del cliente: primera o tercera persona, tono cómico, dramático, realista, idealizado (el dramático y el idealizado salen algo más caros), estilo sencillo o retórico (más caro el último), léxico básico o escogido, frases largas o cortas, y en fin, todo a medida. A veces viene al Maracaná acompañado de algún cliente. Son todos hombres, y sus vidas son rutinarias, aunque con algún destello original e incluso novelesco. Al cliente le parece irrepetible y digna de ser contada, su vida, pero no sabe explicar por qué. Y ahí entra Gisbert. Él amplifica los sucesos, los recrea, los combina, les busca un sentido, los analiza a la luz de la psicología, los tiñe de sentimentalidad. También se encarga de buscar el título. Si quiere, el biografiado consta como autor. A él eso le da igual. Yo he hojeado algunas de esas biografías, porque el cliente a veces la publica a su costa y me pide el favor de que la exponga en la

131

papelería por si algún conocido, o mero curioso, se interesa por ella.

Y fíjese, jamás le he oído a Gisbert hablar de la gloria literaria. Ni siquiera tuvo esa tentación en los hervores de la juventud. No, él proviene de los más ínfimos suburbios de las letras, donde existe la poesía, el drama y la novela, pero no la literatura con mayúsculas y menos aún el literato. Lo suyo es la emoción sin límites y la fe ciega en las palabras. En cuanto a su estética, déjeme contarle algo, y con esto acabo. En el barrio teníamos, hasta hace unos años que cerró, una pastelería que se llamaba Las Tres Rosas. Estaba regentada por un matrimonio ya mayor, los dos muy pulcros y educados, que habían fundado el negocio hacia 1950. Además de dulces y pasteles, vendían pan, cerveza, vino, quina Santa Catalina, todo con sus precios muy bien rotulados a mano, con un afán de exactitud hecho a partes iguales de probidad y de recelo. Porque ellos eran así, escrupulosos en el trueque, íntegros y tacaños, y no perdonaban un céntimo ni en contra ni a favor: una vez la mujer salió a la calle y me siguió un buen trecho para devolverme una moneda. «Eran ciento ochenta», me dijo, «y le he devuelto sólo quince.» Hacía raro ver cómo la flor de la honradez crecía con tanto esmero en el páramo de la roñosería. Luego, hacia 1995, pusieron el negocio en venta. «Se vende este local», pegaron en la puerta cristalera un cartel. Pero ni el local se vendía ni ellos alteraban sus costumbres de siempre. El local era bueno y estaba bien situado. Y, sin embargo, el cartel no surtía efecto. Y han pasado los años, y ellos se han jubilado, y han echado el cierre y allí sigue el mensaje: «Se vende este local», y arriba: Las Tres Rosas. Unos doce años debe de llevar ahí ese cartel.

¿Que por qué le cuento esto? Porque una noche yo le tiré de la lengua a Gisbert: ¿no estaría escribiendo algo, cómo decir, alguna obra personal, no hecha por encargo sino por inspiración? Y justamente en ese instante pasábamos ante el local de Las Tres Rosas. Gisbert entonces se paró agarrándome del brazo y me dijo: «Mira esa frase. Examínala», y extendiendo el brazo fue silabeando también con el dedo: «Se-ven-de-es-te-lo-cal». Lo miré burlón. Estaba medio borracho, como siempre a esa hora, pero en su cara había una expresión grave y sincera. «Es una frase perfecta. No le falta ni le sobra nada. Es perfecta. Muchas noches me detengo a leerla y a releerla, y reflexiono sobre el misterio de que esa frase no envejezca nunca. Dentro de mil años, esa frase seguirá leyéndose por toda la ciudad.» Y puso otro ejemplo similar, el de Bertini, el fontanero y falso anciano, cuando le decía a algún cliente: «No tengo aquí las herramientas».

«Son frases inmortales, incorruptibles», dijo Gisbert. «Yo, sin embargo, escribo una frase y, al rato, cuando vuelvo a ella, ya está agonizando. Luego hay días que las frases me salen como los polos de hielo, que se deshacen en la boca y no saben a nada, y otras veces me salen unos monstruos que cuesta mucho digerirlos, como las boas a los grandes ratónidos. Pero nunca conseguiré frases duraderas, como la de Berti-

133

ni o la de Las Tres Rosas. No estoy poseído por el espíritu del idioma. A veces, con la pluma en la mano, he sentido que podría salir volando o dar brincos de siete leguas, y he intentado el salto, pero el peso de las palabras me impide siempre remontar el vuelo. No sé explicarme mejor.»

Yo estuve a punto de decirle, en plan don Obvio, que esas dos frases, por muy exactas que fuesen, no eran literarias, pero me callé, porque en el fondo yo estaba de acuerdo con Gisbert, captaba un pálido reflejo de sus hondas palabras, y compartía con él la fascinación y la repugnancia que siempre me ha producido el lenguaje. «Te voy a recitar unos versitos míos, de lo mejor y más didáctico que yo haya escrito nunca, y que explican con gran claridad este misterio. Dicen así:

> Escribir es soñar.
> Sueñas que escribes,
> y luego, al despertar,
> sueñas que vives.»

Y seguimos andando, ya sin hablar, hasta perdernos en la noche. Y eso es todo cuanto puedo contarle acerca del Doctor Linch.

134

Ya ha parado la lluvia. Con tanta cháchara, nos habíamos olvidado de ella. Es aún de noche, pero parece que ya quieren oírse a lo lejos los primeros rumores del amanecer. Escuche: es como una efervescencia, como si el silencio se hubiera puesto a hervir, apenas nada, y sin embargo es el trajín inconfundible de la ciudad, de nuestros congéneres, que ya se agitan y se disponen a sumar un nuevo día a la historia del mundo.

Un día más. No sé si a usted le ocurre, pero uno se pasa la vida pensando que la vida está siempre un poco más allá. Quizá tras aquella revuelta del camino. Allí nos tienen preparada una fiesta. ¿No oyes ya el bullicio y la música de los recibimientos? Allí saldarás al fin tus deudas, cobrarás con creces tus haberes, conocerás el sabor de las promesas finalmente cumplidas. Porque no es una fiesta para el primero que llegue sino sólo para ti, hecha sólo en tu honor. ¡Vamos, apúrate, que te están esperando! Y tú avivas el paso, saltas, bailas, corres hacia el prodigio, y así pasan los días. Nuestros mejores momentos de felicidad han crecido al calor de esa certeza lastimosa. Dolor y dicha fluyen del mismo manantial. Y entonces, ¿merece o no merece la pena vivir? Según y cómo, diría don Obvio. Y es verdad, ése es el único fruto que nos brinda aquí el conocimiento: según y cómo.

Según y cómo, a veces nos flaquean las ganas de vivir. Y otras veces la alegría de vivir no nos cabe en el alma. Sientes que te rebosa el corazón, y que hasta el propio cuerpo quiere escapar del cuerpo. ¡Es todo tan extraño! Recuerdo la primera vez que le vi la cara a la tristeza. A la tristeza grande, quiero decir, a esa que con sólo visitarte una vez se aprende para siempre el camino de vuelta.

Verá. Durante casi un año (yo tenía entonces entre diecisiete y dieciocho) trabajé en las oficinas de una empresa de componentes metalúrgicos. Nosotros, los oficinistas, ocupábamos unas casillas de cristal en lo alto de la fábrica, a modo de buhardillas o palcos de teatro. Y allá abajo, tan hondo y extenso que los obreros se veían como en miniatura, tenía lugar a todas horas una espantosa representación laboral. Aquello parecía el mismísimo infierno. El ruido era aterrador. El estruendo rítmico del martillo pilón servía de contrapunto al fragor de las piezas de hierro o las planchas de chapa cayendo en confusos montones o desplazadas en masa de aquí para allá, el soplar de los fuelles, los porrazos de las mazas en los yunques, las explosiones, el chirrido de las cizallas eléctricas, todo lo cual, unido al aliento de dragón de los hornos, a las llamaradas y a la conflagración de chispas, y al humazo que se levantaba en la extensión entera de la nave como una niebla hecha jirones sobre un valle, le daba al lugar el aspecto de una estampa ciertamente dantesca.

Desde nuestras casillas veíamos en el fondo caótico del abismo a los obreros con sus escudos protectores en la cara, que semejaban recolectores de miel, y sus delantales de cuero, y nos parecían irreales, figuras de grabado sacadas de alguna monstruosa y futurista pesadilla romántica.

En cuanto a nosotros, la situación no era mucho más envidiable. Nos entendíamos a voces, haciendo bocina con las manos, sudábamos como pollos, tosíamos mucho, la ropa y la piel se nos llenaban cada día de un tizne pringoso que nunca acababa de quitarse del todo, el color de la cara se volvía ceniciento, sufríamos a menudo dolores de cabeza y accesos de malhumor, de melancolía, de nerviosidad. El lugar era en verdad desmoralizador. Allí se reblandecía el carácter, y uno quedaba a merced de los caprichos de la fantasía.

Yo trabajaba en la sección de personal, con el jefe, que se llamaba Palanca, el señor Palanca, y otros dos auxiliares. De uno no sabría decirle ni siquiera el nombre, pero al otro lo recuerdo muy bien. Era un muchachote feo y desgarbado, con un no sé qué de gigantón, la cara llena de granitos, serio, hermético y de pocas palabras. Entró a trabajar allí un año antes que yo, y cuando yo llegué, desde el primer momento se obsesionó conmigo, como si yo le inspirara algún tipo de preocupación o de extrañeza que escapaba a su propio control. Recuerdo que a menudo lo sorprendía mirándome fijamente desde lo remoto de su pensamiento, como intentando descifrarme.

Trabajábamos de ocho a seis, y lo mejor del día eran las dos horas libres que teníamos para comer, en el comedor de la empresa, y luego para jugar al fútbol en un descampado que había por allí cerca. Eran partidos broncos, con mucho acarreo proletario de balones al área. Yo jugaba de volante derecho, regateaba bien, era rápido y tenía buen disparo. Pues bien, desde el primer partido en el que yo participé, aquel muchacho, que hasta entonces no había jugado nunca al fútbol, se convirtió en mi marcador. Era torpe y lento y yo lo burlaba con facilidad, pero como también era tozudo, y de qué forma, la constancia de su marcaje individual terminaba aburriéndome, descorazonándome, y si me iba a otra demarcación, allí iba él, siempre persiguiéndome, con lentitud pero sin tregua.

Y no sé cómo, quizá por seguir con el juego, o por alguna oscura razón que nunca he comprendido, el caso es que Sampedro –éste era su nombre– se aficionó a marcarme también en horas de oficina. Ya no sólo me observaba a hurtadillas, como si yo fuese un caso digno de admiración, sino que fue extendiendo su vigilancia de tal modo que, si me levantaba para consultar algo, él se erguía en su asiento y me seguía con la mirada, y cada día con más descaro, y si iba al baño, no tardaba en oír sus pasos tras de mí, y por la mañana me esperaba en la puerta de la fábrica para entrar pegado a mis talones, y siempre se las arreglaba para comer enfrente de mí o desde donde pudiera tenerme bajo su control. No decía nada, nunca dijo nada, sólo posaba en mí los ojos como intentando traspasarme con ellos. Y así fue como aquel capricho, o broma o desvarío, acabó convirtiéndose en pasión y necesidad.

Un día, y esto se veía venir, decidió seguirme después de las seis. Tomó el autobús que yo tomaba, me persiguió luego por los andenes del metro, se bajó en mi estación, y sólo dejé de oír sus pasos y de sentir el bulto de su presencia cuando entré en la academia nocturna donde hacía no recuerdo qué curso del bachillerato.

Aquella expedición se repitió a la otra semana, y luego a los pocos días, y cada vez con más asiduidad. Quizá nos inspirábamos en las películas de espías y detectives, y parecíamos, en efecto, representar papeles clásicos de fugas y asechanzas. Y como al principio yo creía que se trataba de un juego un tanto infantil, de una tontuna pasajera, decidí burlarlo también en ese terreno (por ejemplo saltando del autobús o del metro en una parada imprevista, escabulléndome al volver una esquina, aprovechando mi agilidad y su torpeza para cruzar una calle a la carrera y dejarlo atrás, confuso y chasqueado), sin caer en la cuenta de que de ese modo el juego quedaba como legitimado, y adquiría una importancia y una razón de ser, y unas ciertas reglas, todo lo cual exigiría un desenlace donde por fuerza tendría que haber un ganador y un perdedor. Pero yo entonces era muy joven, y cruel sin saberlo, como suele ocurrir en la juventud, y me gustaba rivalizar con él, seguirle la corriente, disfrutar del poder que me daba aquella oscura atracción, o resentimiento, o lo que fuera, que ejercía sobre él.

Y aquel joven Sampedro, aquel muchachote feo, desmañado y taciturno, sucumbió también a la sugestión del desafío. Y así, casi todos los días, cuando llegaba a la parada del autobús, ya estaba él esperando para subir tras de mí y no despegarse ya de mis espaldas, por miedo a que en cualquier instante yo saltara del autobús y le ganara la partida. Evitábamos mirarnos, y por supuesto nunca nos dirigimos la palabra (eso hubiera puesto término a aquella realidad ilusoria) ni cruzamos un gesto. Supongo que esa extraña conducta formaba parte de las reglas del juego.

Y ahora fíjese usted en Sampedro, en el hondo significado que él debió de otorgarle a aquella fantástica humorada. Fíjese bien. Para ir tras mis pasos y lograr sobre mí algún triunfo, alguna satisfacción, tenía que alejarse lastimosamente de su barrio, de sus lugares queridos y propicios. Tuvo que darse de baja en una academia donde seguía un curso de comercio y contabilidad. Tuvo que renunciar a hacer horas extraordinarias en la empresa. Tuvo que cancelar citas con una joven de la que estaba enamorado. Y todo para poder dedicar sus mejores energías a aquel juego en el que había puesto un incomprensible afán de trascendencia y una fe desmedida. Quizá fuese un caso singular de ludopatía, o una cuestión de honor, o una fascinación enfermiza, casi un enamoramiento. ¿Cómo saberlo? Porque llegó el día en que, cuando yo entraba en la academia, él me esperaba abajo, en las inmediaciones del portal, y desde allí, y ya de noche, me seguía a casa. Luego, se matriculó también en la academia, en unos cursillos de francés, y su vigilancia se hizo así, si no más segura, al menos sí más descansada.

Pero de cualquier modo se le iba viendo cada vez más delgado y más pálido. Algún oscuro anhelo lo corroía por dentro. En la casilla, me miraba con ojos extraviados y febriles, y a veces se adormecía para despertarse de sopetón con un gran sobresalto. Descuidaba el trabajo, cometía errores, y el señor Palanca, que era un hombre de lo más pacífico, empezó a perder la paciencia con él. Y sí, debía de andar con sueño atrasado, porque en las clases de francés también solía dormirse, y más de una noche tuve que esperarlo a la salida de la academia para no hacer aún más ardua la humilde tarea en que había puesto su esperanza y empeñado su orgullo. Y a menudo acortaba el paso o me detenía ante un escaparate para esperarlo, para que descansara, para facilitarle la persecución y ofrecerle así la posibilidad de un triunfo. Digo yo, porque las reglas del juego eran confusas, al menos para mí. Supongo que si lograba seguirme hasta el portal de mi casa, ganaba él, y si lo despistaba en el camino, entonces la victoria era mía. Creo que ésas eran más o menos las reglas, aunque enriquecidas, claro está, por los incidentes que iban surgiendo en el trayecto.

No recuerdo bien el orden de los hechos. Un día no apareció por la casilla. Nos enteramos de que lo habían despedido de la empresa. La pena que me dio la noticia se contrarrestaba con un sentimiento de liberación: al fin había acabado lo que empezaba a ser ya una pesadilla. Pero no: unos días después, o quizá un mes o dos después, no consigo acordarme con exactitud, aunque sí sé que era una noche oscura de invierno, debía de ser noviembre, hacia la una o las dos de la madrugada, porque habíamos tenido clases extras de recuperación en la academia..., ¿por dónde iba?, he perdido el hilo de la frase, sí, eso es, al llegar a casa allí estaba él, Sampedro, acurrucado en el portal, tiritando de frío.

«Sampedro», le dije, y era la primera palabra que le dirigía desde que comenzó nuestra rivalidad. «¿Qué haces aquí a estas horas? ¿Por qué no abandonas ya el juego y te vas a tu casa? ¿No crees que ya somos mayorcitos para estas tonterías? ¡Me doy por vencido!», y entonces sentí el placer de la compasión, de la ejemplaridad, de la filantropía, de todas esas virtudes de que le hablé antes. «Tan tramposo e hipócrita como siempre», dijo él, con una voz tan débil, tan derrotada, que era difícil percibir en ella el tono que quería darle de sarcasmo. «Me regalas el triunfo justo cuando me ves vencido y humillado. ¡Qué generoso es el señor! Pero no voy a permitir que te apiades de mí.

Ya es mucho lo que he perdido para abandonar precisamente ahora esta contienda entre nosotros que, al parecer, para ti sólo es un juego o una tontería. He perdido un año de estudios, he perdido la novia, el empleo, el amor de la familia y, finalmente, la salud, porque has de saber que he enfermado gravemente por tu causa, y ya nunca seré el joven fuerte y animoso que era antes del día funesto en que te cruzaste en mi camino. ¡Y a eso le llamas tú un juego y una tontería! Y ahora vienes aquí, rebosante de salud, ágil y atractivo, lleno de optimismo, a un paso de tu hogar, donde te esperan tus seres queridos, la cena lista y la cama caliente, y me invitas a abandonar, justamente ahora que ya no tengo nada que perder. ¿Cómo te atreves siquiera, por muy cínico que seas, a proponerme algo tan deshonroso?»

«¿Y qué ganas con perseguirme y vigilarme? Dejemos aquí esta contienda, o este juego, o esta niñería, o como se le quiera llamar, sin vencedores ni vencidos.» «¡Qué hijo de puta eres!», dijo Sampedro. «¿Cómo puedes decir eso cuando ya hay un vencido y un claro vencedor? Pero, a pesar de todo, aquí estoy, dispuesto a resistir, y con la esperanza de que, al menos, cargues conmigo en la conciencia para toda tu vida. De un modo o de otro, también tú resultarás vencido un día.»

Y yo, en mi soberbia, hipócrita, ventajista y cruel como siempre he sido, me reí y le dije: «Nunca ocurrirá lo que dices, porque por un lado me he acostumbrado ya a ti y me pareces inofensivo y soportable, y

143

por otro, no pienso cargar con culpas que no me pertenecen y que sólo están en tu imaginación. Además, ya estabas enfermo cuando te conocí, y nunca fuiste un joven fuerte y animoso. Un maniático y un acomplejado, eso es lo que tú eres. ¿Me oyes?», le grité, y me incliné y encendí el mechero para repetírselo en la cara y ver en ella el efecto de mis palabras.

Cuando me levanté, estaba sobrecogido por lo que había visto. A Sampedro le dio entonces un ataque de tos y se puso a estremecerse allí abajo, sentado y acurrucado contra la pared. Y allí lo dejé, abandonado a su suerte, y luego el tiempo comenzó a correr en España, como ya le dije, porque España es un país donde el tiempo va a empellones, y tan pronto se estanca y no fluye como se precipita ciego hacia el futuro. Y un día Sampedro desapareció y ya no volví a saber de él. Pero hay dos cosas que no puedo olvidar. Una es la cara de tristeza a la luz del mechero de aquel joven a quien yo, en mi inconsciencia, hice tan desdichado. Ahora lo sé. Él me admiraba y me amaba. Quería estar cerca de mí, echarme la mano por el hombro y caminar juntos un rato hacia el futuro. Y a mí, ¿qué me hubiera costado ofrecerle mi amistad y compartir con él la alegre camaradería de la juventud? Hubiésemos ido juntos al cine, al fútbol, a cortejar muchachas, a romper farolas, qué sé yo. ¡Y aquella cara de tristeza! Había que verla. Era esa tristeza grande y sin fondo de la que le hablé antes. Y la otra cosa que no he conseguido nunca olvidar es ver cómo durante muchos años, poquito a poco, al ritmo lento de mis fracasos en la vida, y ya arruinada ahora mi salud, se ha consumado proféticamente la derrota que él me pronosticó.

Y pasaron los años. Y una noche al volver a casa me miré en el espejo y me acordé de Sampedro. O mejor dicho, vi a Sampedro. La misma palidez del alma, los mismos desamparados ojos, en la expresión un no sé qué de malsano y de forastero, como si alguien que habitaba en mí intentara asomarse a mi rostro y suplantarlo. Allí estaba la tristeza aquella de que le hablé, la insondable, la cataclísmica, la que entra en tu vida devastándolo todo, hasta las mismas ganas de vivir.

Por qué de pronto ocurren esas cosas es un misterio que nadie, ni médicos ni místicos, ha conseguido desvelar. Es como si un día recibiéramos la visita imprevista de un señor cualquiera. Llega sin anunciarse, y es tan humilde, tan familiar, tan de todos los días, que no necesita tocar el timbre de la puerta, sino que, cuando queremos darnos cuenta, ya está ahí, instalado en tu casa, no de visita, sino para quedarse una temporadita sentado en un rincón, sin hablar, sin moverse, sin hacer nada de provecho pero también sin estorbar. Este señor cualquiera se puede llamar Moisés, Ángel, Damián, cualquier nombre lo nombra, y cuando tú vuelves de trabajar dices, «¿Moisés?», «¿Ángel?», «¿Damián?», y aunque él no contesta, o contesta tan bajo que no se le oye, tú sabes que está ahí, que no se ha movido de su rincón en todo el día.

Entretanto, uno sale a ganarse el pan. El pan queda en una oficina, en un taller, en un hospital, en un comercio, y uno va y viene, y a menudo piensa en el señor cualquiera que se ha quedado en casa y que te está esperando. Regresas cada día con la esperanza de que ya no esté, te lo imaginas con su maletita camino de otra parte, «el señor ese que vino a verlo ya se fue», esperas que te diga algún vecino, pero no: era sólo un deseo y un presentimiento. Así que el señor cualquiera y tú pasáis la tarde en casa, en una especie de paz conyugal. Miráis por la ventana al inmueble de enfrente, a los balcones con bombonas de butano y algunas flores sucias. La mirada no da para más. Os rendís al silencio como a un dolor que duele poco, casi dulce, que se sobrelleva con suspiros. Hacéis planes. ¿Vamos mañana al cine, al museo, a merendar al campo? ¿Por qué no? Podría ser. Aunque también aquí se está bien, mirando los balcones o la televisión. ¿Para qué más? También hay libros, y en ellos hay frases bellas, aunque a nosotros las que más nos seducen son las incomprensibles. ¿Por qué nos gustará tanto lo que nunca llegamos a entender del todo?

Luego enseguida será lunes. Mal asunto. Pero pasarán los meses, vendrá el verano, y a lo mejor un día el señor cualquiera ya no está. Se fue sin despedirse. ¿Ustedes lo vieron salir? No; yo tampoco; yo no; pues yo no he faltado en todo el día de aquí. ¿Cómo era?,

¿qué aspecto tenía?, te preguntan. Y tú, es verdad, ¿cuál era en realidad su aspecto? Nadie lo conoce ni lo ha visto, y tú ni lo recuerdas. ¿Habrá sido todo un espejismo, un sueño? Registras la casa, cada penumbra, cada región del aire. Nada, no está, se fue con el mismo sigilo con el que llegó. Ya está, eso es todo. Y entonces, como por magia, la vida renace, y vuelve a ser hermosa.

Ésa es más o menos la tristeza de la que le hablo, y disculpe que se lo haya contado así, al sesgo, pero no sé hacerlo de otra manera. ¿A usted no le ha ocurrido? A veces esa tristeza dura mucho y a veces –y tú notas un escalofrío– te roza apenas al pasar. Cuando a mí me tocó conocerla por primera vez, yo trabajaba desde hacía unos diez años en el *Alló Chamberí*.

De pronto la vida comenzó a complicarse. ¿Cómo le explicaría? Porque aquí nos acecha de nuevo el lenguaje abstracto. Mis pasos se hicieron más lentos, los caminos más largos, el rumbo un tanto errático. Salía a pasear y enseguida tenía la sensación de haberme extraviado. Mi voz adquirió un tono desalentado que convertía en hipótesis cuanto nombraba, y todo en mí, cualquier movimiento, una sonrisa, un querer decir algo, parecía la intentona postrera de un juguete de cuerda. Me desfondaba sin remedio. Se me fue poniendo cara de candil, la melancolía pesaba en mis párpados como la nieve en el alero, y a todas horas tenía una pereza que era como un gustoso hundirse en las blanduras de la nada... Los ojos, dilatados de ver las cosas desde el estupor, en una mirada en la que no participaba el pensamiento, me dolían con la luz. Ni lo claro me iluminaba ni lograba descansar en lo oscuro. Me acordaba de mi pasado con la vaguedad de quien cree recordar una vida anterior. En esas condiciones, ¿qué podía esperar yo del futuro? Sentía que el curso de mi vida se estaba convirtiendo ya cn puntos suspensivos. Un día me vi leyendo a fondo las necrológicas del periódico. Me parecía ir caminando por un campo minado. Me parecía también que mis fuerzas y mis ilusiones andaban dispersas y perdidas por valles y collados, como el ganado místico. Y aquella tristeza, en su afán de ir a más, se alimentaba de sí misma y engordaba de sus propias entrañas. Y así, fui entregándole, una por una, las mejores prendas de mi carácter.

Un día me dije: «¿Y si me refugiara en Dios?». Entré en una iglesia y, junto con otros, me postré ante una imagen. La imagen tenía la boca abierta, aún más pasmada ante nosotros, las criaturas orantes, que nosotros ante ella, y allí no se sabía bien quién imploraba y quién era implorado.

Más cosas. Por aquel tiempo hubo una conjura general para que yo aprendiera inglés. Me llamaban a todas horas por teléfono a casa y al periódico, me enviaban cartas y folletos, me visitaban o me paraban por la calle para ofertarme cursos intensivos, fáciles, eficaces, baratos, divertidos. Una gitana me leyó la mano y me dijo: «Te veo viajando por el mundo y hablando en otras lenguas». Total, que me apunté a un curso por correspondencia. En mi tiempo libre ponía cintas con conversaciones elementales, claras, irrefutables, que hubiera hecho suyas el mismo don Obvio. Aquellos diálogos me consolaban mucho en las noches de insomnio. Y no sé cómo, me encontré hablando sin querer en inglés. «Excuse me», decía en la calle, «how much?», para pagar una caña, «good morning», a don Obvio, que me miraba dudoso entre la suspicacia y la piedad. Y para mis adentros mascullaba frases absurdas, frases que por mil vidas que viviera jamás llegaría a usar, y que se me enquistaban en la memoria como consignas o estribillos que uno se veía condenado a repetir incansablemente. Decía por ejemplo: «There are no longer many goldsmiths in this part of London», que quiere decir «ya no quedan muchos orfebres en esta parte de Londres», y poco más allá murmuraba: «This flour is excellent for making cakes», «esta harina es excelente para hacer pasteles».

Y así me iba hundiendo en mi negra desdicha. Y recuerdo que un día una niña, que iba de la mano de su madre, giró la cabeza al trote y dijo asustada: «¡Mamá, mamá, mira qué señor tan triste!». Comprendí entonces que estaba llegando a un punto sin retorno. No me sentía con ánimos para nada, salvo para atender y explorar mi infortunio, y entregarme a él con morbosa rendición de amante.

Una tarde, incapaz de permanecer en casa, salí a

pasear al buen tuntún. Era primavera. De pronto se levantó el viento y empezó a llover con fuerza. Me refugié en un portal y me puse a pensar por qué caminos había llegado yo a aquella situación. Me ilusioné con la idea de que siguiera lloviendo y lloviendo y yo me quedara para siempre en aquella penumbra. Notaba la opresión de la tristeza en mi cara como si llevase una máscara de madera o de barro. ¿Qué sería de mí cuando dejase de llover? ¿De dónde sacaría fuerzas para continuar mi caminata hacia ninguna parte? Cuando empezó a escampar, por hacer algo, di un paso hacia el umbral y extendí el brazo con la palma de la mano abierta para ver si había dejado de llover. Y entonces ocurrió. Una pareja mayor que venía del brazo se detuvo de golpe, los dos concertados en una mirada de sorpresa y de espanto. «Que Dios le ayude, hermano», murmuró el hombre. Y al principio yo no entendí. Sentí algo en la mano, un tacto tibio y un tanto repugnante, y al retirarla no sin cierta aprensión miré en ella y vi, doblado en dos, un billete de quinientas pesetas. «Thank you», fue lo único que se me ocurrió decir.

Más allá, y ya oscurecido, me paré en una esquina de forma que la luz de una farola me diese en la cara, y esperé a que llegase alguien. Al poco oí pasos y entonces me concentré en mi desánimo y extendí la mano como si otra vez interrogase al cielo más que al prójimo. Eran dos mujeres. Me miraron y siguieron de largo, pero luego se pararon, juntaron la cabeza, cuchichearon, y enseguida una de ellas vino a mi encuentro y, sin mirarme, me dejó en la mano unas monedas. Y créame, allí empecé a animarme, incluso a llenarme de orgullo por mi tristeza, como si se tratase de un logro personal más que de una enfermedad o una desgracia.

Y como las cosas, buenas o malas, no suelen venir solas, al otro día se presentó una mujer en la sede del *Alló Chamberí*. Venía a contratar un anuncio para la venta o el alquiler de una papelería. Su padre había muerto y ella no quería hacerse cargo del negocio. Yo la invité a sentarse y, al preguntarle no sé qué, me salió una de aquellas frases absurdas en inglés que me perseguían a todas horas. Le dije algo así como «¿dónde has dejado las tijeras?». «¿Perdón?», dijo ella, y se ruborizó, y yo me recosté en el asiento y me eché a reír con mucha naturalidad, seductor como un niño, pero supongo que todavía con restos encantadores de tristeza en la cara. Y fíjese, creo que en ese instante adquirí cierto poder sobre aquella mujer.

Se llamaba Inmaculada, y dicho esto ya puede imaginarse usted el resto de la historia. De repente me reconcilié otra vez con la vida. El mundo volvía a estar lleno de cosas interesantes. La mirada captaba mil matices. El pensamiento lo acariciaba todo sin detenerse en nada. La mañana me convidaba a la alegría con la simpleza de su luz. Mientras redactaba el anuncio calculé al peso las promesas que el destino venía ahora a ofrecerme de balde. Me había convertido de pronto en un pesimista enamorado de la vida.

Unos días después la llamé por teléfono y me interesé personalmente por la oferta. No me importaría cambiar el oficio de periodista por el de comerciante. Fuimos a la papelería, hablamos, paseamos, volvimos a hablar otra tarde, y en algún momento pusimos el alma en las palabras, y ellas, las palabras, con suave maña nos fueron llevando, como sonámbulos, hacia el despeñadero del amor. Y, en efecto, unos meses después dejé el periodismo para convertirme en fiel esposo y honrado comerciante. ¡Quién me iba a decir a mí que el destino había puesto en el mismo lote la tristeza, el amor y mi futuro laboral!

Pero, si me permite hacer un alto en el camino, ¿sabe lo que me hubiera gustado ser a mí? No periodista ni comerciante, ni hombre casado ni soltero. No, a mí lo que me hubiera gustado es ser pastor. Pero no como el pastor del doctor Linch sino un pastor que lee, que va al teatro y al cine, que juega al ajedrez, que hace tertulia en el Maracaná, o que no hace nada, que va y viene como caminando sobre las aguas, que habla con unos y con otros, que viaja de vez en cuando (pastor viajero, pues), que se queda en casa los días de lluvia y frío, y sobre todo que no tiene responsabilidades con sus ovejas. Es decir, que me gustaría ser pastor sin ovejas. Pastor sin nada que guardar. O, en su defecto, jubilado joven, o sheriff sin cuatreros, o enfermo sin dolencias o pobre sin miserias, casi sin necesidad. Encontrar la dulzura de la esperanza en una madurez sin ambiciones. Ganas de comer miel sobre pan blanco y beber del agua clara del arroyo.

Le diré más. A veces cuando voy por el campo me lleno de amor por la naturaleza. Son como raptos místicos. Me agacho y miro intensamente la tierra que piso, la inocente tierra que nos sostiene y que nos nutre. Me inclino a mirar las migajas del paisaje, no las panorámicas sino los detalles al margen del camino. Hay allí un infinito mundo de minucias. ¿No se ha fijado nunca en eso? Grama, semillas, hierbas genéricas, cardos, espinos floridos, pinocha, finas láminas de corteza, palitos, insectos, florecitas: un universo inagotable. ¡Cuántas veces, encenagado en el fastidio de una mirada sin emoción, forzaba y falseaba el significado de las cosas que veía para defenderme de la trivialidad del mundo y de mí mismo! Entraba en un bosque de doctrina y me llenaba de conceptos. Pero ahora no, en esos humildes momentos de contemplación me conformaba y regocijaba con lo trivial, y me entregaba al disfrute de la exactitud. He aquí esta flor de jara, no otra sino precisamente ésta, y he aquí la gracia de este fino tallo dócil al menor viento, y esta piña que hago crujir junto a la oreja, y esta gota de agua cuajada de luz cayendo por el hilo de una raíz con un lento declinar de estrella en una amanecida de verano. O me extasiaba con el zumbido de la avispilla que se acerca a la flor del cardo, y la mutua delicadeza en el trato de aquellas vidas mínimas me purificaba también a mí, que me sentía solidario de todo cuanto mis ojos, mis sentidos todos, iban descubriendo.

A veces pienso que hay un poeta en mí, un poeta sin versos, y también un santo, un santo laico sin milagros... Y algo, o quizá sólo la nostalgia, del niño que yo fui. ¿Sabe? Creo que de algún modo me quedé en el pasado, como el niño que se distrae en el camino para coger moras y pierde contacto con el grupo y se pierde en el bosque. Y así ando yo, como escindido, porque una parte de mí se extravió para siempre en el entonces, y la otra parte pena en el presente porque no está completa. No sé, es todo tan difícil... ¿Se acuerda de Robinson Crusoe? Pues lo mismo que él, que toma del barco naufragado cuanto le puede ser útil para su futuro solitario en la isla, también nosotros debimos coger de la niñez aquellas cualidades que luego podrían habernos hecho más puros, más simples y más sabios.

Y sí, me gustaría ser pastor. Apartado del mundo, acogido a la floresta, podría llegar a ser yo mismo, independiente y soberano. Pero entre congéneres siempre surgen conflictos y guerras de poder. Creo que ya le he hablado algo de esa mísera y áurea pasión que es el poder, y a la que todos –salvo algún sabio, algún tonto, algún pastor– estamos condenados. Verá, le voy a contar otro caso curioso. Algo así como un año antes de mi matrimonio y de la tristeza grande que me sobrevino de golpe, yo vivía en un apartamento barato y oscuro, en un cuarto piso sin ascensor, y una tarde, a los pocos días de mi mudanza, sonó el timbre, abrí la puerta y me encontré a un tipo atildado y risueño, de mediana estatura y edad, con un bigotín de galán clásico y el pelo engominado, que se presentó como Aquilino Lobo, mi vecino de enfrente, que venía a saludarme y a ponerse a mi disposición para cualquier asunto –y enfatizó estas dos últimas palabras– en que pudiera serme útil. En una rápida secuencia de formalidades, yo sonreí, le estreché la mano, pronuncié mi nombre, le agradecí el gesto, le ofrecí también mis servicios de buena vecindad, y por extremar la cortesía, lo invité a pasar a casa, aunque claro está que en un tono hipotético que, más que una invitación, era un modo delicado de despedida.

Pero él aceptó de inmediato. Con mucho desenfado y mundanía, aunque también con un no sé qué de servil, o con una suerte de modestia profesional, me dio una palmada en el hombro y entró y se instaló en el único sillón que había en el saloncito de estar. Yo me senté en el borde de un pequeño sofá contiguo, y desde el primer momento tuve la impresión de estar de visita en mi propia casa.

Me acuerdo bien que con dos dedos en pinza se remangó casi hasta la rodilla una pernera del pantalón, cruzó en escuadra esa pierna sobre la otra y se puso a hablar animadamente mientras con una mano jugaba con el elástico del calcetín o se hacía trenzas con las hebras del vello, que lo tenía negro y espeso sobre carnes muy blancas. Al principio habló de asuntos que no recuerdo, o de los que quizá nunca llegué a enterarme, pero que debían de ser muy divertidos, porque derrochó en ellos una simpatía que desde el primer momento me resultó agotadora y enojosa. Tenía un modo peculiar de reír. Reía sólo con la boca, mientras que lo demás (los ojos, las manos, los hombros) permanecía al margen, un poco avergonzado, como si hubiese de sufrir las impertinencias de un hijo consentido. De pronto reparó en el libro que yo estaba leyendo cuando él llegó y que había dejado abierto y boca abajo sobre la mesita de cristal. Lo tomó en las manos con unción, como si se tratase de algo muy delicado, y me miró con una mezcla de súplica y de reproche en los ojos, y enseguida en la voz: «No es bonito», dijo. «No es justo. No se debe tratar así a los libros. Y no sólo porque se estropeen; es que sufren. Los objetos también tienen alma.» «¿Le gusta leer?», pregunté, saltando sobre toda aquella palabrería. «Mucho», respondió. «Pero yo leo revistas. Me parecen, cómo diría yo, más manejables, además de más prácticas. Por otro lado, yo no soy un hombre especialmente culto.»

Luego supe que era peluquero estilista, aunque no ejercía en un local fijo sino a domicilio, particulares en general pero también hospitales, asilos y hasta en una funeraria, donde maquillaba y adecentaba a los cadáveres para su exposición. «Por cierto, ¿eres partidario de la eutanasia?» No supe qué decir. «Yo soy activista», dijo él. «Pertenezco a una asociación que lucha por ese derecho. La Hermandad de la Dulce Muerte, se llama. Algún día te hablaré de ella, por si te interesa asociarte.»

Le saqué una cerveza y un aperitivo, y siguió disertando sobre temas variopintos hasta que oscureció.

«Se hace tarde», dijo entonces. «He de atender a los míos.» Los suyos eran una madre inválida y una esposa abnegada. Se levantó, y por unos momentos giró sobre sí mismo mirando alrededor. «A este salón le falta algo.» «¿A qué se refiere?» «Algo», y para expresarse mejor se frotó artísticamente las yemas de los dedos. «Todavía no lo sé. Pero lo noto, lo intuyo. Y tarde o temprano lo descubriré. Confía en mí.»

En la puerta me dio un abrazo –o lo intentó, porque yo me resistía y aquello acabó en una especie de forcejeo– y me dijo que se alegraba muchísimo de haberme conocido. «Eres como te imaginaba», añadió enigmáticamente, echándose atrás para contemplarme en panorámica.

Así fue nuestro primer encuentro. Dos o tres días después volvió a sonar el timbre. El instinto de la fatalidad me advirtió de que era él. Pensé en no abrir, pero deseché la tentación porque intuí que él tenía la certeza de que yo estaba en casa. A cambio, decidí que esta vez no sólo no lo invitaría a entrar sino que, al menor conato de cháchara, lo despediría con el pretexto de ocupaciones impostergables.

«Me he permitido hacerte un pequeño obsequio», dijo nada más verme, y me tendió a dos manos un saco de arpillera. «¡No, no, no!», se adelantó a mis palabras de escándalo, de gratitud y de protesta. «Es sólo un detalle sin importancia.» «Ya, pero es que..., no sé...», me puse a balbucear. «¡Nada, nada!», y agitó las manos sobre la cabeza mientras se iba ya escaleras abajo. «¡No tienes que decirme nada! ¡Nada! ¡Cualquier palabra de agradecimiento lo consideraré una ofensa! ¡Entre amigos está todo dicho! ¡Y no quiero oír hablar más de este tema!», y por educación yo me quedé en el descansillo, con el saco en las manos, hasta que sus pasos y sus gritos se perdieron en las profundidades.

Y bien. El saco estaba hasta su mitad lleno de patatas. Unas patatas pequeñas, viejas y medio pochas. La verdad, no supe qué pensar. ¿Debía de sentirme ofendido? ¿Era una broma? ¿Se trataría acaso de una variedad exótica de patatas que yo no conocía y no podía por tanto valorar? Pelé unas cuantas (casi todo era desperdicio), y unas las freí y otras las cocí y en ambos casos apenas las probé, en parte por aprensión y en parte porque aquellas patatas, salvo su mal aspecto, no tenían nada de especial.

Al otro día, mire usted por dónde, me encontré en las escaleras con mi benefactor, el tal Aquilino Lobo. Él subía y yo bajaba. Como era inevitable, enseguida salieron a relucir las patatas. Me preguntó si las había probado. «Si le digo que no», pensé, «la pregunta quedará pendiente de respuesta, con la agravante de la expectativa, de lo ya anunciado, así que lo mejor es zanjar ahora mismo el asunto.» «Sí, sí», dije, dando por hecho que mi respuesta contenía una suerte de elogio y que al mismo tiempo no me comprometía a nada. Pero él continuó esperando, mirándome, risueño, con su aire antiguo de galán, sus maneras petulantes y a la vez humildes, la cabeza ladeada y puesta a la escucha, incitándome a amplificar el comentario.

Pero, claro, allí en las escaleras, es decir, en un lugar público, solitario y de paso, ¿qué resistencia puede oponerse a un desconocido de quien uno se siente absurdamente deudor? En ese momento se apagó la luz general de la escalera y yo aproveché para decir: «Muy ricas». El resto de la conversación se desarrolló también en la oscuridad. «¿Has observado lo pequeñas que son?» «Sí, es cierto», dije yo, sin poder evitar en el tono un homenaje de asombro. «Porque son auténticas», bajó y solemnizó él la voz. «De secano. Absolutamente naturales. Tal como eran allá en los Andes cuando crecían silvestres. Nada que ver con esas otras que tienen muy buena presencia pero se quedan sólo en eso, en la apariencia.» «Ya.» «Éstas ya apenas se cultivan. No es negocio. Yo las consigo por recomendación de un cliente en un pueblecito de Guadalajara. Si puedo, te traigo otro saco.» «No, no, de verdad. Además yo como siempre fuera de casa. Y no me gusta cocinar. De todos modos, gracias», y esto último ya lo dije ganando un par de escalones y precipitando así la despedida.

Total que, durante algunas noches, me vi en la situación ridícula de deshacerme a hurtadillas de las patatas. Metía algunas en la bolsa de la basura y espiaba por la mirilla el momento propicio de bajar a los cubos sin toparme con aquel hombre ante el que me sentía medio acobardado y medio culpable.

Pero lo peor vino luego. Otra tarde –nítido, funesto, y dejando en toda la casa una resonancia ominosa– volvió a sonar el timbre. No supe si entregarme a la furia o a la desesperación. Camino de la puerta me fui llenando de razones, de educadas y firmes negativas, de sutiles reproches, de veladas reivindicaciones territoriales, de súplicas y quejas. Pero al abrir la puerta me quedé sin gestos ni palabras. Era la escena más extraordinaria que yo había visto nunca. En una silla de ruedas estaba la madre, envuelta en una toquilla negra y con la cabeza torcida y como degollada sobre el pecho, pero intentando mirar hacia arriba y no sé si queriendo sonreír; detrás de la silla, a un lado la esposa, alta, pálida, espectral, toda de negro hasta los pies, y al otro el tal Aquilino Lobo, vestido con traje blanco y pajarita y con un zorro en los brazos. Sí, un zorro disecado sobre la rama de un alcornoque. Ése era el cuadro que se me presentó a la tenue luz del descansillo. ¿Se hace una idea? ¿Cómo reaccionar ante una situación así?

«Permíteme presentarte a mis seres queridos», dijo. «Les he hablado tanto de ti que querían conocerte. Ésta es mi madre, doña María, y aquí mi esposa Elsita.» «Encantado», e hice dos leves reverencias. La anciana me saludó moviendo apenas una mano, y la esposa forzó una sonrisa que no añadió nada a su expresión lúgubre y como exhausta.

«Y ahora, amigo mío, déjame adivinarte el pensamiento. ¿Qué hace ese zorro ahí?, te estarás preguntando. Satisfaré al instante tu curiosidad. Soy también taxidermista y he decidido regalarte una de mis obras. Aunque en realidad ha sido idea de Elsita. "Me gustaría tener un detalle con nuestro vecino", dije yo. Y Elsita dijo: "Regálale el zorro", y eso que ella es una gran admiradora de esta bella efigie. Y yo le dije: "Sería un gran presente, y le quedaría muy bien en el salón. Nuestro vecino se merece eso y más". Y entonces nos hemos puesto nuestras mejores galas y hemos venido en cortejo a hacerte entrega del obsequio», y me lo tendió como en ofrenda, y si antes ya estaba yo indefenso, imagínese ahora con el zorro en los brazos. «Fíjate en la expresión que le he sacado y en lo airoso del rabo. Es bonito, ¿verdad?» Lo miré, al zorro. Enseñaba los dientes y colmillos con el hocico arrugado por la ferocidad.

«Permíteme», dijo, y entró en casa sin más y colocó el zorro en lo alto de una estantería, después de quitar de allí los altavoces del equipo de música. «Fíjate cómo ha cambiado el salón. Parece otro», e hizo entrar a los suyos para que comprobaran el efecto. «¡Ah, y no quiero oír ni una palabra de agradecimiento!», fue su despedida cuando partió al frente de la comitiva.

Así que allí estaba yo, leyendo o viendo la televisión, y sin poder sustraerme a la presencia del zorro. Y cada vez que lo miraba pensaba en la mujer, y en su atractivo fúnebre, y en la decrepitud de la anciana, y en cómo él mismo restauraba cadáveres y disecaba animales y pertenecía a una asociación para la defensa de la eutanasia, y recordaba su sonrisa untuosa de galán, rígida como una máscara, y todo aquello me iba desmoralizando y poniendo cada vez más triste.

Y ahí tiene usted cómo aquel hombre, con sus dádivas y favores no solicitados, fue adquiriendo derechos sobre mí y envolviéndome en una red de culpas, de gratitudes, de arrepentimientos, que eran en definitiva formas secretas del poder.

Iré abreviando. Entre otras cosas, recuerdo que me regaló un trofeo, que era una copa de latón con peana de mármol que había ganado en no sé qué competición de alta peluquería, un escudo heráldico de estilo castellano que él mismo colgó en la pared del dormitorio, un libro absurdo sobre el arte de la pesca con caña, una enorme fotografía ostentosamente enmarcada de Sofía Loren, unas macetas, unas maracas. Y no podía deshacerme de aquellos objetos porque de vez en cuando venía a verme, y siempre decía: «Hay que ver lo que ha ganado el piso con mis modestas aportaciones», porque no sé si le he dicho que era también decorador, y como nunca quedaba del todo satisfecho con los logros estéticos, a todas horas estaba ideando mejoras, un detalle, una innovación, un reajuste. Dos veces («Tú no te muevas, tú ahí quieto, que esto es cosa mía») me cambió los muebles de sitio.

Una tarde apareció con su cartera de peluquero y me cortó el pelo gratis y a su manera. Yo llevaba el pelo al desgaire y él me lo dejó clásico y esculpido.

Durante el tiempo que duró el corte, me habló de la elegancia. Para él la elegancia venía a ser la cualidad más alta a la que podía aspirar una persona. Se consideraba un experto en el tema, sobre el que, por cierto, había disertado alguna vez en público. La elegancia, vino a decir, consiste en reducir a la invisibilidad el trato del hombre con las cosas. Y así, por ejemplo, en los restaurantes de gran lujo, el sigilo y la finura del servicio convierten a los camareros casi en comensales. Apenas tocan los platos o las copas, y todo lo hacen con mucha levedad, de modo que el contraste entre los que laboran y los que gozan tiende a difuminarse. O, por ejemplo, las puertas. Los criados las abren y las cierran, para que así los señores puedan permitirse y lucir la aristocracia de no tocarlas. Por eso, decía, difícilmente un ciego, que siempre anda palpando aquí y allá, puede ser elegante. «No es bonito el modo que tiene el ciego de tratar a las cosas.» En cuanto a la elegancia de cuna, sostenía que cuando se tiene conciencia del dinero y de la clase social, bastan cuatro o cinco generaciones para que la materia se trasmute en espíritu. Y la elegancia es justo el punto donde se produce esa metamorfosis. La elegancia es la materia imprecisa, la franja difusa en que, por un lado, las formas se desvanecen, y por otro, el alma se materializa para mostrarse al mundo convertida en un gesto, en una sonrisa, en un movimiento, en una prenda de vestir... «Eso es lo que los profesionales llamamos estilo», precisó. Había, pues, dos formas de elegancia: la natural y la adquirida. Los que tenían la elegancia de cuna, bien por alcurnia, bien por haber sido agraciados con ese don maravilloso, la poseían de un modo natural, en tanto que los otros se veían obligados a adquirirla por medio de artificios que los hicieran parecer naturales. Y ahí es donde entraban los maestros y árbitros de la elegancia, los que enseñaban ese arte, y entre los que él, humildemente, se contaba. Toda esa palabrería la tuve que soportar con la cabeza gacha y el cogote indefenso. «Tú, por ejemplo», me dijo ya al final, con una voz de lo más zalamera, mientras me ponía delante un espejo para que valorase el corte, «eres elegante de un modo innato. La naturaleza ha tenido a bien adornarte con esa cualidad impagable.»

Y bien. Una noche nos encontramos en el descansillo, los dos con la bolsa de la basura, y él se ofreció a bajar la mía, y ya todas las noches venía a buscarla y nunca dejaba de decirme que cualquier palabra de gratitud lo consideraría una ofensa. Me enseñó fotos de cadáveres maquillados y arreglados por él, me hizo socio de la Hermandad de la Dulce Muerte, venía una tarde cualquiera y se sentaba en el sillón (es decir, en mi sillón) y me contaba pasajes prolijos y nimios de su vida, la emoción de las noches de Reyes, la primera vez que vio el mar, sus amores adolescentes, su pasión por las legumbres y por los platos de cuchara en general, la trucha de dos kilos que pescó una vez, anécdotas de la mili, el vértigo espiritual que sentía al imaginar la infinitud del universo y de la eternidad. «Se podría escribir una novela con mi vida», dijo más de una vez, y me miraba no sé si invitándome a intentarlo, yo que era periodista. Porque la primera vez que le dije, muy al principio de nuestra relación, que trabajaba en una revista del barrio, él me miró fijamente, con una gran vocación de profundidad, y murmuró: «Lo sé, lo sé», en un tono misterioso, cuya indagación preferí rehuir.

Pero una tarde me animó a hacerle una entrevista en la sección «Personajes del barrio» del *Alló Chamberí*. O quizá me lo rogó, no recuerdo. En todo caso era el primer favor que me pedía, y no pude negárselo. La sección constaba de una semblanza, una entrevista y una fotografía. Todavía recuerdo con angustia las largas disertaciones sobre sí mismo que me ofreció para facilitarme la semblanza, las interminables respuestas a mis preguntas, los dos carretes de fotos que me obligó a tirar, en espacios distintos y con distinta vestimenta, su incansable aportación de matices al texto que en mala hora le enseñé antes de entregarlo a la imprenta.

Y así seguimos durante unos meses. Ya ve: me hacía regalos, me bajaba la basura, los domingos me subía el pan y a veces unos churros, si su mujer cocinaba algún plato especial no dejaba nunca de traerme mi parte, me cortaba gratis el pelo, una tarde se empeñó en arreglarme los pies porque resulta que también era callista, me decoró el piso, y más atenciones que prefiero no recordar. Pues bien, a pesar de eso, a pesar de la aparente servidumbre que mostraba hacia mí, él era el dominador, él quien mandaba y yo quien obedecía, él el jefe y yo el subordinado. Así de misterioso es el poder.

Y lo verá más claro cuando le cuente cómo acabó la historia. Verá. Un anochecer se presentó acompañado de otros dos vecinos. «Venimos a hablar contigo», dijo en un tono trágico. Yo intenté oponerme con unas frases que no llegué a pronunciar enteras porque ellos, graves, solemnes, entraron en mi casa en un grupo compacto. Al ir a cerrar la puerta vi enfrente a la mujer, a Elsita, alta y fantasmal, que me miraba fijamente desde el umbral de su vivienda, con una vaga expresión de súplica en el rostro.

Y bien. Los dos vecinos no hablaron en las tres horas largas que duró la reunión. Al parecer estaban allí en calidad de testigos y garantes de las palabras de Aquilino Lobo, el portavoz. Permanecieron todo el tiempo serios y erguidos, sentados muy juntos en el sofá, intercalando acaso un cabeceo, un murmullo, un breve recordatorio para ayudar en su trabajo al narrador. Porque traían con ellos una historia y venían expresamente a hacerme partícipe de ella. «La cosa va para largo», avisó de entrada el portador del relato, y a mí me entró una tristeza que yo creo que fue el principio de la tristeza grande y devastadora que vino a visitarme poco tiempo después.

La historia, resumida, era ésta. Desde hacía muchos años, la comunidad de vecinos debatía la con-

veniencia o no de instalar un ascensor en el inmueble. Los debates eran siempre largos y laboriosos, pero
al final siempre había habido mayoría de votos al res-
pecto: debía instalarse el ascensor. Hacía también mucho tiempo que se había aprobado el presupuesto y
obtenido la licencia municipal, y ya no quedaba sino
el visto bueno, al menos por dos tercios, de la asam-
blea de vecinos. Todo esto que yo le cuento en pocas
palabras, al narrador le ocupó al menos una hora, tras
lo cual se explayó en las desventuras que la carencia
del ascensor le ocasionaba a una gran parte de la vecindad.

«Tú mismo has visto la extrema palidez de Elsita», dijo Aquilino Lobo, «que sufre una leve dolencia
cardíaca y tiene prohibido subir a menudo escaleras.
Era una mujer bellísima, y ya ves en lo que ha quedado. Y mira a estos dos señores, moradores del sex-
to.» Los miré, y ellos subieron un poco la cara y la pusieron en pose para mejor mostrarla a mi curiosidad.
«Observa qué desmejorados están. ¿Los ves? Pues así
estamos todos del cuarto piso para arriba, y alguno incluso del tercero. Antes, cuando éramos jóvenes, aún
podíamos sufrir el trajín diario de las escaleras, pero
hemos ido envejeciendo y ya no estamos para esos
ajetreos. Mi madre, por ejemplo, hace quince años
que no sale a la calle ni ve el sol. Y lo que es peor: de
no poder andar y moverse se le han atrofiado las arti-
culaciones hasta acabar tronzada en la silla de ruedas.
Y todo por el ascensor. "Quiero morir", me dice a menudo, "porque esto no es vida." Y a mí, la verdad, de-

bido a mis convicciones acerca de la eutanasia, ganas
me dan a veces de complacerla y acabar con su pade-
cimiento.

»¿Y bajar al mercado? Ésa es otra. Subir con los
bultos y bolsas de la compra se ha convertido en un
tormento. Hay mujeres que tienen que pararse a re-
posar largamente en los descansillos y, cada vez más
fatigadas, tardan mucho en llegar a sus casas. Y luego
están los niños pequeños, los enfermos, los ancianos.
El cartero se negó hace años a subirnos los paquetes
y certificados. Y es que la sociedad se ha vuelto muy
cómoda y ya nadie quiere subir escaleras. El del butano nos cobra bajo cuerda un plus por sus servicios.
Yo mismo, si hubiera ascensor, recibiría cómodamen-
te en casa a muchos de mis clientes, y lo mismo le
ocurre a este buen señor», y señaló a uno de los testigos, pero sin referirse en concreto a ninguno de ellos,
«que es practicante y no puede ejercer en su hogar.
Y en el quinto vive un profesor de física y química que
apenas consigue alumnos para sus clases particulares.
Bueno, sin ir más lejos, yo mismo he de bajarte a ti la
basura y subirte el pan...» Yo intenté protestar. «¡No,
no, no! Si no tienes que disculparte ni agradecerme
nada. Yo lo hago con gusto. Me encanta sacrificarme
por mis amigos, porque la amistad, ¿cómo diría yo?»,
y estuvo un rato buscando la palabra justa, «es... bonita. Hacer el bien es bonito. Y la solidaridad también
es bonita. Yo no te lo echo en cara, sólo lo digo para
que te hagas una idea de las penalidades que estamos
pasando, del suplicio al que hemos sido condenados

muchos vecinos de este inmueble. Y eso, precisamente, no es bonito.»

En fin, que pintó un cuadro dantesco, y más cuando evocó el futuro que, con la vejez ya a la vista, se cernía sobre ellos. «Sólo te diré una última cosa. Del cuarto piso para arriba, todos los vecinos, unos antes y otros después, se han hecho socios de la Hermandad de la Dulce Muerte. Bueno, tú mismo te has apuntado a ella también.»

A mí ni se me ocurrió siquiera intentar un gesto de protesta.

¿Y cuál era el problema?, y aquí los tres se removieron y reacomodaron en sus asientos, animados por lo que parecía ser la parte principal de la historia. «El problema es que los vecinos del sótano, del bajo y del primero se oponen a la instalación del ascensor. Y no tanto por motivos económicos (ya que los vecinos de los pisos altos estamos dispuestos a correr con la mayor parte de los gastos) como por maldad. Por pura perfidia. ¿Tú has visto a un tipo alto y flaco, de cara angulosa (se parece a Jack Palance, el actor), con un parche en el ojo, que viste una especie de levita negra de cuero y suele ir con un perro, un dobermann para más señas, y no saluda nunca a nadie?» «No recuerdo.» «Entonces no lo has visto, porque si no te acordarías. Pues bien, ése es el cabecilla y el instigador de los opositores. Vive solo en el sótano, en la única vivienda que hay allí, y se llama Ricardo. Eso es todo cuanto sabemos de él. Hace veinte años, cuando empezó a debatirse lo del ascensor, ya estaba él aquí, con el mismo aspecto físico que tiene ahora, y con el mismo perro. Es extraño, ¿no es cierto? Porque un perro viene a vivir unos quince años, y tanto es así que aquí el señor practicante», y ahora sí, ahora uno de ellos se significó con una leve sonrisa, «mide el tiempo no por años, lustros o décadas, sino por perros. A sus pacientes les dice: "Todavía le quedan un par de perros que vivir". O bien dice que la esperanza de vida del hombre en España es como mucho de cinco perros y medio. Y todo así, porque aquí nuestro amigo tiene un gran sentido del humor y siempre está con bromas y chirigotas.

»Pero a lo que íbamos. Este tal Ricardo, este personaje perverso donde los haya, y yo diría que satánico, es un hombre que inspira en verdad miedo y tiene atemorizados y sujetos a su voluntad a los vecinos del bajo y del primero, y a dos del segundo, muchos de los cuales, si es que no todos, están de acuerdo con el ascensor, pero no se atreven a votar en conciencia, porque eso supondría enfrentarse con él. ¿Y sabes lo que nos dice el tal Ricardo en las juntas de vecinos, o cuando alguna vez lo hemos abordado privadamente para intentar un diálogo, un acuerdo, incluso algún tipo de compensación económica? ¿Sabes lo que dice? "¡Que os follen!" Eso es lo que dice. Yo no recuerdo haberle oído otra frase.»

Hubo un largo silencio de duelo que yo, culpable

e inseguro, me sentí obligado a gestionar. «Están los tribunales.» «Si fuera sólo él, sí, pero siendo como son nueve vecinos, no hay trámite posible. Pero sigamos adelante», continuó Aquilino Lobo, dándole un sesgo a la exposición, y en ese momento yo intuí algo de lo que se avecinaba. «Estos dos señores, y yo mismo, hemos sido presidentes de la comunidad, y los tres hemos fracasado en nuestro empeño. Y ahora déjame decirte algo. Sólo una breve reflexión, un mínimo interludio. Quizá a ti, que eres periodista y manejas noticias de gran envergadura, el tema del ascensor te parezca prosaico e insignificante, pero ésa es la tarea a la que muchos vecinos de esta finca hemos consagrado nuestra vida, el objetivo por el que venimos luchando sin tregua desde hace muchos años. Ése es nuestro ideal. No es gran cosa, pero es lo que tenemos, ésa es nuestra causa, nuestra ilusión y nuestro sufrimiento. "Somos unos utópicos", suele decir, desalentado, el profesor del quinto cada vez que abordamos la cuestión. Y sí, quizá nuestro ideal se ha convertido ya en una utopía, pero no por eso vamos a renunciar a él. Y a tal fin hemos creado una Plataforma Pro-ascensor, y nos reunimos todos los jueves por la tarde en casa de uno de nosotros, en parte para analizar y debatir las novedades o las estrategias de lucha, y en parte para mantener viva la esperanza y la fe, y siempre, durante años, hemos llegado a la misma conclusión, al mismo callejón sin salida: necesitamos un líder, alguien joven, con fuerza, con empuje, y a ser posible con poder.»

¿Es necesario que le cuente el resto de la historia? Querían convertirme en presidente de la comunidad y líder de la Plataforma. Lo venían urdiendo desde que aparecí por el inmueble. Con mi llegada, se les llenó la cabeza de anhelos y esperanzas, por aquello de que yo era joven y trabajaba en un periódico. «Eres para nosotros, permíteme la expresión, un enviado del destino», llegó a decirme Aquilino Lobo. «De algún modo, estábamos esperándote.» Yo empecé a hablar, casi alardeando, de mis escasas fuerzas, de mi carácter tímido y solitario, pero él aprovechó la primera pausa para apoderarse otra vez de la conversación. «Tú eres periodista. Y todos sabemos que en este país los periodistas sois poderosos, intocables, casi sagrados. No me negarás eso.»

A estas alturas yo había tomado ya una decisión irrevocable. Me invitaron a airear y a denunciar el caso en el *Alló Chamberí* y a utilizar mis influencias políticas de periodista. Me aseguraron que yo era el único que podía enfrentarse con éxito al tal Ricardo. «Contigo no se atreverá.» Me dijeron que yo era para ellos su última esperanza. Y para rematar la noche, de pronto Aquilino Lobo hizo una seña a los otros, como pidiéndoles la venia, y entonces su voz adquirió un apasionado tono confidencial. «Contamos además con un aliado de excepción. Ni te lo imaginas.» Los testigos y garantes del relato se miraron y conjuntaron en una sonrisa celestial. «Atrévete a dar nombres, arriesga una suposición, abre tu alma a las más insensatas fantasías.» «No sé, no se me ocurre nada.» «Es igual. De cualquier modo, nunca lo acertarías. Contamos nada menos que con el apoyo del Rey.» «¿De qué rey?» «Del Rey de España, por supuesto. ¿Cuál otro podía ser?»

«¡Dios mío, están locos!», pensé. «Lo del ascensor los ha trastornado y quieren enredarme en sus delirios.» «No, no vayas a pensar que estamos locos», parece que me leyó el pensamiento Aquilino Lobo. «El asunto es de lo más lógico y sencillo. Yo soy radioaficionado. Y Su Majestad también lo es. Yo lo reconocí por la voz, a pesar de que él intentaba deformarla, y he hablado con él ya varias veces. Y le he contado nuestro problema y nuestra lucha, y él nos ha animado a seguir adelante y a no cejar en nuestro empeño. "Con su permiso, Majestad", le dije una noche, "ruego que nos conceda el privilegio de nombrarle presidente honorario de nuestra Plataforma", y él se echó a reír, ya sabes lo campechano que es, y me dijo: "¡Qué cosas tienes, Aquilino!", y entre risas y veras nos dio su beneplácito. Fue bonito de verdad. De modo que él sería el presidente honorario de la Plataforma Pro-ascensor, y tú el presidente ejecutivo.»

Cuando se fueron era ya medianoche. Les había prometido sopesar la propuesta, pero ellos debieron darlo por hecho porque se despidieron de mí llamándome «jefe», «presidente», «adalid», y otras lindezas de ese estilo. ¿Y sabe usted lo que hice yo? Esa misma noche, casi de madrugada, reuní mi escaso equipaje y me fugué de allí, dejando atrás el zorro, la copa, la panoplia, la fotografía de Sofía Loren, y todas las ofrendas con que Aquilino Lobo, aquel otro Ricardo, había intentado someterme a su voluntad alucinada.

Durante un tiempo viví con el temor de que apareciese por el *Alló Chamberí*. Pero no: no volví a verlo nunca más, y sólo muchos años después, yo creo que unos veinte, me atreví a pasar por la puerta del inmueble. Y todavía seguían sin ascensor.

Suba un poquito más la persiana. Así, eso es, con el amanecer parece que se esfuman los monstruos de la noche. Fíjese en ese cuadro paisajístico. Lo miraba ayer y lo miro ahora y no sabría nombrar con exactitud sus colores. Me gustan mucho los paisajes, pero soy incapaz de describirlos. Mi mujer, sin embargo, es una experta en la materia. En cuestiones de estética, es intransigente: dónde hay que colgar los cuadros en las casas, cuál es el tono apropiado para unas cortinas, qué camisa entre varias es la más elegante. No entra en el contenido de las cosas: sólo le interesan las apariencias. Es decir, cultiva el dogmatismo de lo banal. Cuando paseamos por el campo, intercambiamos instantes de exaltación estética. Decimos: «¡Qué bonito!», «¡Mira esa luz!», «¡Qué maravilla!», «¡Jo!», «¡Uff!», y otras opiniones de ese tipo. Yo no me atrevo a decir mucho más porque sé que ella sabe de mi ineptitud para los matices pictóricos. Yo, si acaso, hablo de amarillo, de verde, incluso de ocre. Ella no. Ella dice: ese color es un perla pez, o un verde humo, o un gris violeta, o un azul limón. Cosas así. Ante eso, yo callo y sigo andando, y enseguida nos refugiamos en el silencio, pero no en un silencio compartido sino cada cual en el suyo. Y el mío es casi siempre un silencio rencoroso.

Pero, a lo que iba. Con la luz se desvanecen los fantasmas. Una vez, en un pueblecito pinariego adonde íbamos en verano, sentí la necesidad repentina de salir de casa en plena noche e internarme en el bosque. Es extraño, ¿verdad? Caminé hasta las afueras del pueblo, vi la oscuridad, vi la forma de los árboles, oí el viento entre ellos, percibí la cercanía del misterio, la cara oculta de la realidad invitándome a aventurarme en ella. Llegué hasta el borde de la espesura. Entonces sentí que algo esencial en mi vida podría decidirse en un instante. «Si me atreviese a entrar en el bosque», pensé, «mi carácter sería ya otro para siempre. Algo en mi rostro les sería vagamente desconocido a mis amigos y parientes. Un manantial nuevo de conocimiento brotaría de los más profundos escondrijos de mi soledad...» Pero al final me dije: «¡Bah, tonterías!, ¡las pamplinas de siempre!», y me volví a casa. Y al otro día, en efecto, ya no había ni rastro de monstruos o fantasmas. Miré el bosque, entré en él: ni sombra del enigma.

Pero la noche... ¿A usted de noche no se le llena la mente de amenazas, de espantajos, de recuerdos que ya creía olvidados? A veces pienso que hay en nosotros como burbujas de tiempo, pedacitos de tiempo no gastados, no vividos, que quedaron sobrantes de tardes de tedio o de mañanas infantiles de primavera, y que están ahí, vírgenes, disponibles, esperando a ser usados, algo así como esas monedas, o billetes, que encontramos en los bolsillos de chaquetas o abrigos que no nos poníamos desde hacía años. Y lo mismo pasa con algunos recuerdos. En las honduras de la memoria a veces aparecen por las noches, cuando la conciencia queda a la deriva, pequeños episodios que se habían olvidado, y que ahora vuelven como ánimas en pena en busca de consuelo y compaña.

Le contaré uno de esos recuerdos que, haciendo arqueología en la memoria, rescaté del olvido una noche, no sé si con la ayuda o no de la imaginación, y que acabó convirtiéndose en alimento de una de mis más secretas fantasías eróticas. Esto ocurrió en mi juventud. Era un matrimonio que conocí en el pueblecito veraniego del que le hablé antes. Habían abierto un pequeño supermercado aprovechando el boom turístico del verano. El hombre era gordo, de aspecto saludable, y se ocupaba de cobrar, sentado en un taburete del que le rebosaban las posaderas, beatífico y pueril, vestido siempre de azul, con alpargatas azules de rejilla, y siempre con una sonrisa vacía de contenido, que quizá era sólo el aflojamiento de los labios que da la estupidez.

¿Y su esposa? ¡Ay, su esposa! Era de piel delicada y muy blanca, y era muy guapa, una preciosidad, aunque había que fijarse mucho para descubrirlo, porque el negocio, y lo diario de la vida, y sobre todo la presencia del marido, le impedían mostrarse como en realidad era. Sin bata ni mandil, sin supermercado, sin balanza donde pesar mercancías al gramo, y desde luego fuera del campo de influencia de aquel hombre que en su bobería ocultaba un no sé qué de perversidad, sin todo eso, hubiera resultado de lo más atractiva y erótica. Un verdadero sex symbol, créame. Yo no sé si usted se ha dado cuenta de que hay mujeres que hacen de guapas igual que un actor puede hacer de asesino o de santo. Mujeres del montón, pero que interpretan el papel de guapas y resultan creíbles, y ya pasan a ser oficialmente guapas.

Pues esta mujer de la que le hablo era justo al revés. Yo creo que nadie me ha inspirado tanto en mis amores solitarios como ella. Y sin embargo la fuerza del entorno la hacía fea y hasta odiosa, y así se transfiguraba a veces en mi recuerdo y como por ensalmo el placer se convertía en repulsión. Yo creo que, al casarse ante el altar, en prueba de amor ella le había sacrificado su hermosura. Entre el marido y la belleza, eligió al marido, y con él el supermercado y todo cuanto vino después. Y de ese modo prescribió su belleza en plena juventud, pero a cambio el matrimonio adquirió solvencia y solidez. Recuerdo sus manos cortando finas lonchas de una pieza de queso, sus labios musitando números, sus nalgas coronando el esfuerzo de levantar a pulso un saco de patatas. A mí la felicidad de aquel matrimonio me resultaba intolerable, porque se había construido sobre el cadáver sentimental de la mujer. Aquel hombre era un ladrón de belleza, un asesino de ruiseñores. Bueno, ésa es al menos mi teoría.

En mis insomnios, pongo en marcha esa historia, le doy vueltas y vueltas, y entre medias me voy poniendo cachondo, y ya no sé si todo es real o una pura truculencia nocturna.

Y ya que estamos en esto, le voy a contar otra de mis ensoñaciones eróticas, si a usted no le importa.

Una vez fui testigo accidental de una escena que a lo mejor a usted le resulta anodina pero que a mí me pareció sumamente inquietante. Yo estaba tumbado en la hierba, leyendo, viendo pasar las nubes, contemplando el bullir mínimo de los insectos en el pasto. Esto ocurrió en el pueblo veraniego que ya conoce.

Llevaba allí bastante tiempo cuando me di cuenta de que cerca de mí, en un pequeño claro del bosque, se habían instalado dos mujeres. Yo las veía por entre los arbustos y los pinos, con tanta más atención cuanto mejor sabía que ellas estaban ignorantes de mí. Una era vieja y estaba sentada en una silla de lona. Vestía de gris, un gris vulgar con florecitas, un gris que era gris de luto, porque igual que el hábito no hace al monje, tampoco el luto es sólo el color sino más bien y sobre todo la actitud, la atmósfera de soledad, el dolor irreparable ante una gran ausencia. Pero eso no lo pensé después sino justo entonces, mientras la observaba por entre la espesura. Inclinada sobre la labor, con gestos veloces y exactos, esgrimiendo dos largas agujas, hacía punto.

La otra mujer, quizá su hija o su nuera, era gruesa y joven, pero ya cerca de la mediana edad. Carecía casi por completo de encantos femeninos. No había más que verla: grande, enteriza, quiero decir sin apenas caderas, rubia, con el pelo corto, y cortado con esa dejación de quien ingresa en un hospital o en un convento. Lucía (bueno, el verbo es inapropiado, porque su atuendo tenía algo de medicinal) un traje de baño azul, de una pieza, que parecía de espuma. Un traje vulgar, y que ella hacía aún más vulgar.

Después de caminar un poco por el claro, como en un ejercicio preparatorio para un trance, empezó a untarse de crema las piernas, a dos manos, apurando los contornos desde los tobillos a las ingles. Una y otra vez, ávida, lenta, amasadora. La mujer vieja suspendía a veces su labor y miraba a la joven, participando críticamente en su tarea. De vez en cuando, como si hubiesen detectado un ruido, o fuesen partícipes de un presagio, miraban alrededor como si temiesen ser observadas por alguien, y por un instante se inmovilizaban en escorzo. Luego, continuaban con aquella tarea clandestina, o que ellas hacían clandestina.

A continuación, la mujer se untó de crema la cara, los hombros y los brazos, y después se puso de rodillas y la mujer vieja se levantó y comenzó a untarle la espalda con toda la energía de que era capaz, que no era poca. Y no paró hasta asegurarse bien de su trabajo, y al final se sentó en su silla, fatigada y como abatida. La mujer joven, aún de rodillas, se volvió entonces hacia lo más hondo del bosque, que no era donde yo estaba, se soltó los tirantes y se untó el pecho de crema, siempre a dos manos. La mujer vieja se puso de nuevo a tejer velozmente, casi furiosamente. No me llegaban sus voces, o acaso no hablaban. Acaso la escena había adquirido ya la muda elocuencia de un rito. Daba la sensación de que las dos mujeres se habían escondido en la profundidad de un bosque para entregarse a aquella íntima ceremonia sólo y exclusivamente para mujeres, y donde la presencia de un hombre hubiera resultado un escándalo.

La mujer joven se levantó y se puso a pasear por el claro, como reponiendo fuerzas, haciendo ejercicios respiratorios, y otra vez empezó a untarse de crema las piernas. Al llegar al ribete del bañador, con un dedo se liberó el elástico y de nuevo volvieron las dos mujeres a coincidir en una mirada repartida de alarma. Pero no se oía nada salvo el rumor de los insectos y la brisa en las ramas. Finalmente, la mujer joven sacó de un bolso una esterilla de nailon y la extendió sobre la hierba, miró alrededor, se quitó las sandalias con suela de cuerda y lentamente, casi miembro a miembro, se tumbó boca abajo sobre la esterilla, pero en esa dificultosa maniobra la vi por un instante otra vez arrodillada y entonces creí comprender algo de lo que estaba viendo. Y es que de pronto me pareció que toda aquella escena estaba presidida por la ausencia de un hombre. Yo no sé si ese hombre se había marchado y volvería pronto o no volvería nunca, si estaba cerca o lejos, si había la esperanza de un regreso o si su fuga o su mera existencia no se habían consumado aún. Pero su fantasma, el fantasma del hombre, estaba en el ambiente. Entonces pensé en la loca posibilidad de irrumpir yo en ese espacio enfermo, como un sátiro jocundo y danzante, y restaurar el hilo roto de la historia. Y la historia era ésta: una mujer al final ya de su juventud que, acompañada de una mujer vieja, se embosca al objeto de dorarse las carnes pálidas y tristes y alegrar sus apenados encantos femeninos para intentar seducir a alguien cuya ausencia es la pieza que falta en este drama rudo, elemental... Y me acordé del episodio de la manzana que Eva ofrece a Adán y en cómo en cada momento, por los siglos de los siglos, estamos condenados a actualizar el rito incesante de la tentación.

Aquella escena, rescatada y reconstruida igualmente en noches de insomnio, me excitaba y me sigue excitando: mi aparición justiciera en el claro del bosque, la posesión sádica y animal de la mujer joven en presencia de la vieja, que de vez en cuando nos mira, lúbrica y risueña, sin dejar de tejer velozmente... Sí, esa escena despierta en mí remotos instintos que me devuelven por momentos a la inocencia y al horror de la naturaleza.

Ya he vuelto a perder el hilo de la historia. Bueno, si es que esto es una historia, porque al fin y al cabo mi vida es el cuento de los que nada tienen que contar. Y es que a mí me han ocurrido muchas cosas, sí, pero ninguna de importancia, y por eso sólo puedo contar episodios nimios y dispersos. ¿Le he dicho ya que mi vida, como tantas otras, carece de argumento? Yo no veo que haya habido en ella una evolución, un decurso, y aún menos un planteamiento, un nudo, un desenlace, sino que todo han sido piezas sueltas, perlas sin hilo, naipes sin casar, agua que no hace cauce. Un salpicón de nombres, de rostros, de sucesos aislados. Pero detrás de todo ese vivir desarreglado supongo que estoy yo, y que esos sucesos me contienen y me definen. ¡Ah, ya me acuerdo de qué estaba hablando! De lo sombríos que son los pensamientos por la noche. De mi monstruario nocturno, en el que se encuentra, cómo no, el pequeño engendro de la identidad.

Como cada cual, a veces me pregunto allí en lo oscuro: «¿Quién soy yo?». Naturalmente, no encuentro respuesta, a pesar de que, como moscas, una multitud de palabras abstractas acuden en mi auxilio. No encuentro respuesta, pero aprovecho para hacer un poco de terapia. Lo primero que hago es desdoblarme en dos, porque se necesitan al menos dos para que pueda haber teatro. Me desdoblo en el tipo sereno y razonable que hay en mí, y que interpreta el papel de hermano mayor, y en el tipo inmaduro y desequilibrado y un tanto absurdo que también soy yo, que hace a la vez de bufón y de víctima. El primero le da consejos al segundo. ¿Qué tipo de consejos? Unos son técnicos: cuida más de tu imagen, lleva las uñas limpias, no te atropelles cuando hables, no rías fuerte, anda a tu ritmo, sin descomponer la figura con prisas repentinas o con esa especie de escorzos infantiles que haces a veces, que pareces subnormal, come despacio, no pienses chorradas, si no crees en Dios no hagas a escondidas la señal de la cruz, no te la menees tanto con la del supermercado ni violes cada dos por tres a la mujer del bosque, haz algo de ejercicio, pon un poco de coherencia en tu vida.

Bueno, de esos consejos el hermano mayor le ha dado cientos y hasta miles. Los otros son ya de tipo espiritual, y en este caso el consejero suele adoptar un tono fuerte, agrio, acusador, de actor de carácter, que a menudo desemboca en diatriba. El yo equilibrado y experto le dice al tarado e inútil: «Si pudiéramos arreglar lo nuestro a hostias, te juro que hace tiempo que se habrían acabado todas estas chorradas nocturnas. Pero somos uno, como los siameses del circo, y no podemos dormir en camas separadas». ¿Que sobre qué versan los consejos? Pues sobre lo de siempre: sobre la seguridad en uno mismo, que es el mayor negocio espiritual que haya existido nunca. «¡Cree en ti!», le dice el hermano mayor, «¡o no creas, allá tú, pero deja ya de dar la murga con el tema, niñato de mierda!»

Y yo me pregunto: «¿Quién soy realmente yo, el que orienta y reprende o el que escucha y acata?». ¿Cómo no van a tener éxito los libros de autoestima, de autoliberación, de superación de uno mismo y demás bazofia de ese tipo? ¿Y por qué no creo en mí, o por qué no me convierto en no creyente, en ateo de mí mismo? ¿Por qué uno puede dejar de creer sin trauma en los dioses o en los ideales pero no en uno mismo? Y el caso es que yo no tengo razones para no creer. Poseo cualidades reconocidas, la gente me respeta, soy un buen profesional en lo mío, un buen amigo, una persona afable, y en fin, tengo en el barrio un prestigio ya consolidado.

«¿Lo ves?», dice el hermano mayor, «¿no te das cuenta de que tú, tu imagen pública, tu valía, están ya fuera de discusión? ¿Qué más quieres?, ¿qué más necesitas para vivir tu vida en paz?» Eso le dice. Y el otro lo cree, y como es un poco supersticioso, no se atreve a entregarse a la felicidad, pero casi. Para preservar ese momento de reconciliación consigo mismo, se cuenta historias de evasión. Aventuras pueriles, ridículas, inmorales, indignas de alguien que ha alcanzado un estatus en la comunidad y está fuera ya de discusión. Luego el yo grande, el yo sabio, el yo padre, el yo protector, parece mecer al otro en su regazo, y hasta le canta una nana. Le canta por ejemplo: «Duerma en paz el llorón / que está fuera ya de discusión. / Pues su prestigio / ya no está en litigio. / Duérmase el ciudadano / tan campante y ufano. / Duérmase el comerciante / tan ufano y campante. / ¡Ea, ea, venga ya a dormir!, / que mañana hay mucho que vivir».

Muchas noches representamos algún sainete de este tipo. Pero yo padezco de insomnio y las noches

185

están llenas de accidentes y peripecias, de devaneos y pesadillas, de duermevelas, de espejismos. Me pongo a hacer balance de mi vida y las cuentas no me salen. De noche, nunca salen las cuentas. En parte porque uno está cansado, y porque la oscuridad nos inspira un vago presagio de mortalidad, cierto sabor a podredumbre, pero también porque el yo grande y protector no padece de insomnio, como es lógico, sino que duerme como un niño, ajeno a los pesares de la vida, y al otro, a su hermano pequeño y tarado, lo abandona a su suerte. Después de darle un beso y arroparlo bien, y cantarle una nana, lo abandona a su suerte. Qué hijo de puta. Quedarse de verdad solo en la noche es eso: es quedarse huérfano de lo mejor que uno tiene de sí mismo. Quedarse a solas con el pobre diablo que uno es.

Entonces es cuando me cuento historias de evasión. A veces me imagino náufrago en un islote de la Antártida. Único superviviente del siniestro, he logrado salvar enseres y vituallas del barco y ahora tengo un refugio que es una cueva en lo alto de un acantilado. Imagínese: huracanes, ventiscas, olas de veinte y treinta metros, osos polares al acecho, cincuenta grados bajo cero, manadas de lobos que por el mar helado llegan a veces del continente, un día bajo a pescar, cazo conejos, recolecto despojos de la playa, maderas, algas, ovas, todo cuanto me puede servir de combustible, vigilo a los osos, pero no les disparo porque sin osos la historia perdería mucho, de hecho incluso con osos es una historia que no avanza, que se repite, siempre lo mismo, la cueva, el viento, el mar enfurecido, la pesca, los conejos, también unas aves parecidas a las perdices –muy sabrosas, por cierto–, una existencia modesta pero segura y que finalmente resulta tan aburrida como mi vida de verdad, mi vida diaria en Chamberí.

Llevo años con esa historia, años, y ya no soy capaz de quitármela de encima. Lo que fue placer acabó en pesadilla. Cierro los ojos y ya estoy en la cueva, con los osos intentando derribar las cuatro tablas que me sirven de puerta. Hay noches en que intento introducir piratas en la historia, pero la cosa no funciona, porque ¿qué van a hacer unos piratas en esa tierra pobre y desolada? En cuanto a los lobos, de vez en cuando mato a alguno con mi rifle de mira telescópica, los otros se retraen, aúllan, se quejan a coro de su mísera condición lobuna, y al final se vuelven al continente y otra vez a empezar. «Pero ¿qué ruidos haces que no dejas dormir?», me dice a veces mi mujer, que duerme como una bendita. «¿Yo?, ¿ruidos yo?», digo maravillado, «los habrás oído en sueños.» Y ella: «A ver si ya de una vez dejas de removerte». En fin.

¿Sabe qué es lo más placentero de esa aventura? El calorcillo de la estufa y el placer de las comidas, allí en la cueva. Lo que más tiempo me lleva de la historia es confeccionar el menú del día. Además de perdiz, conejo, marisco y pescado, tengo legumbres, fiambres, sopas sintéticas, mermeladas, y lo único que echo en falta son las patatas, el pan y los huevos. He intentado cultivar un huerto, pero allí la tierra es pedregosa y hace mucho frío, y además los conejos me destrozan lo poco que consigo, y no me dejan dormir, ni en la historia ni en la realidad, y en cuanto a mantener un pequeño gallinero con gallinas salvadas del barco me parece poco creíble. ¿Y cómo iba a alimentarlas? También sufro por la escasez del café y del aceite de oliva. Ésos son mis verdaderos problemas: la comida, el combustible y los osos. Y la nostalgia del pan, de las gallinas y del huerto. Hasta en la imaginación soy incapaz de renunciar a mi apacible vida de burgués.

Otras noches me convierto en multimillonario. Ríase usted de Bill Gates, de Warren Buffet, del sueco de Ikea, de ese tal Mittal, el rey del acero, de los príncipes árabes y de los potentados rusos. En mi historia, yo tengo más dinero que todos esos juntos. Una fortuna que he ido actualizando al ritmo de la economía real, que ha crecido con los años, y que ahora debe andar por los quinientos mil millones de euros.

¿Que cómo he llegado a tanto? Bueno, la historia es breve y confusa, apenas lo necesario para que parezca medianamente verosímil. Digamos que he creado un sistema informático que es la base de una red comercial cuya trama y capacidad de control se extienden por todo el planeta, hasta sus últimos rincones, y que para la economía global significa algo así como las aportaciones de Einstein a la física o de Picasso a la pintura. Pero ése es sólo el principio, porque luego extiendo mi imperio a la ingeniería genética, a la aeronáutica, a la automoción, a las energías alternativas, de forma que descubrimos y explotamos remedios contra toda clase de enfermedades, construimos aeronaves seguras, combustibles limpios y secretos, armas invencibles..., y hay noches en que mi capital me parece poco y lo subo al billón, y si no voy más allá es porque más allá las cifras se me hacen ya inmanejables, casi irreales.

En el Maracaná hemos hablado alguna vez de lo que cada cual haría si fuese millonario. Ya se puede imaginar usted las fantasías al uso. El único caso digno de mención es el del hombre Chicoserio, aquel al que todo le sale mal, al que le aprietan los zapatos, al que si se rasca le sale un sarpullido, si juega a los chinos siempre pierde, si se escapa una hostia le toca a él, el que no pudo ser payaso porque no había disfraz que lograra ocultar su verdadera identidad, y para el que la vida es una suma continua de pequeñas contrariedades. Ni siquiera podía elevar su protesta con cierta altura trágica porque ninguno de sus males era grave ni digno de ser contado con elocuencia o con desgarro, sino que todo en él era la adversidad hecha comedia. Así que cuando salió la conversación de lo que cada cual haría si fuese millonario, él dijo: «Si yo fuera millonario, pero millonario de los grandes, de los de miles de millones, me dedicaría a joder al prójimo. ¿Que cómo? Pues muy fácil. Por ejemplo, compraría una mañana todos los churros del Maracaná y alrededores para que la gente se quedara sin churros. Compraría un fin de semana todos los condones de las farmacias del barrio y adyacentes para que la gente no pudiera follar, el pan de todas las panaderías, los periódicos y revistas de todos los quioscos, las entradas del fútbol y los toros, dejaría sin vino a los borrachos y sin putas a los puteros». «Pero, hombre...», intentamos decirle. Y él: «¡Nada, nada, que se jodan como me jodo yo!».

En cuanto a mi historia de capitalista universal, tampoco da mucho de sí. También yo me dedico, cómo no, a joder al prójimo, porque en eso precisamente consiste el disfrute del poder, pero no al personal de a pie sino a los poderosos, a los banqueros, a los brokers de Wall Street, a los especuladores, al señoritismo global. Y luego, por supuesto, está el lujo. Mire, yo podría hablarle de yates y reactores, de mansiones edénicas, de vastas fincas en Brasil o en Canadá, o en la mera Andalucía, de islas privadas (una de ellas en la Antártida, por cierto), de ríos salmoneros de mi propiedad, de castillos en la Selva Negra, de suites, de joyas, de cuadros, de caballos, de vinos y licores, de patés y caviares, y todo con sus exactas descripciones y sus exactos precios, que yo he investigado en internet porque ésta es una historia realista que para gozarla y paladearla en todo su refinamiento necesita de cifras, de datos, de características, de prestaciones, de modelos... A veces también invito a estrellas de cine (Nicole Kidman y Uma Thurman son mis favoritas) y les hago regalos suntuosos, porque todo tiene un precio, con lo cual cada episodio suele acabar en una inspirada y rápida masturbación: triste final para tan grande historia.

Y, sin embargo, por muy imaginarias que sean mis invenciones, no consigo disfrutar de ellas, porque mis escrúpulos no me dejan. Uno sabe, y no puede obviarlo fácilmente, que las doscientas fortunas más grandes del mundo equivalen a los ingresos anuales del 48 por ciento de los más pobres del planeta. Hago números. La mía, mi fortuna, ¿a cuánto alcanza? ¿Al 15, al 20 por ciento? Sé que mi patrimonio sobrepasa el PIB de todos los países subsaharianos juntos. Sé que unos tres mil millones de personas viven con poco más de un dólar diario. Es decir: lo que yo gano en menos de una semana. Y sé que mil niños mueren cada día por hambre o por cualquier plaga propia de la miseria. Me digo: «Bueno, ¿y eso qué importa? Si esto es sólo una fantasía, un juego. ¿O es que tampoco la fantasía es libre?». Y no, no debe serlo, porque en mis negras noches de insomnio, esos datos me impiden embarcarme en mi yate (600 millones de euros, 200 metros de eslora, cuatro turbinas de gas Rolls-Royce que desarrollan una potencia total de 32000 hp y le permiten alcanzar una velocidad punta de 90 nudos), o cenar caviar y ostras con champán (2000 euros la botella) en mi ático de Manhattan (150 millones) con vistas a Central Park, o cazar tigres en Siberia, porque para rematar la confusión, además de miedo, los tigres me dan pena. Así que el lujo y el derroche no dan tampoco para mucho, al menos en mi estéril, en mi estúpida, en mi cobarde fantasía nocturna... Y no, no se trata de principios morales sino de prejuicios morales, o si lo prefiere: de superstición ética. Porque en la vida real yo soy un escéptico, sólo que mi escepticismo es hospitalario hasta la inmoralidad. Me adapto a las circunstancias como las nubes al viento: ceden a él para poder seguir adelante. Cambian de forma pero ahí están: siempre adelante. Pero si le doy un giro radical a la historia y me dedico a la filantropía y me convierto en el gran benefactor de la humanidad, me aburro aun mucho más. A veces, exhausto, asqueado del mundo y sus miserias, avergonzado de la especie a la que pertenezco, me vuelvo de náufrago a mi desolado islote de la Antártida.

En otras historias soy invisible, o invulnerable, o asesino a sueldo (nunca de inocentes, sólo me atrevo con los déspotas y los malhechores), o jefe de una partida de maquis, o me convierto en el coronel Von Steinhoff, que en 1945 huye a Argentina en un submarino con un selecto grupo de leales y la mejor parte del tesoro del Estado alemán (4000 millones de dólares de la época), con el que iniciará la construcción secreta del IV Reich, y que entre otras aventuras entra en guerra con la mafia de Chicago, donde el coronel ha comprado una cadena de hoteles, y ya se puede usted imaginar la escabechina de gánsteres y nazis que se organiza cada noche, o soy el joven científico en quien la humanidad pone su esperanza ante la llegada de un enorme aerolito, y otras muchas quimeras en las que ando metido desde la adolescencia.

Y sí, es absurdo, es ridículo, lo sé, y hasta me da vergüenza contarlo, pero algo tiene que hacer uno para defenderse del arreón diario de la lógica, ¿no cree?

Y así, entre sueños y ensueños, llega al fin la mañana, la humilde vida real con la que uno se evade y descansa de las pesadillas nocturnas. Salgo de casa y no olvido al salir que el mundo es grande, que el infinito acecha tras el umbral de mi morada. ¿Y si en un rapto de audacia me hundiese en la inmensidad de los continentes y los mares? El ansia del viaje sigue ahí, alimentada por los rescoldos de un corazón joven. Mi paso entonces se hace más lento, y mi aspecto más deliberativo y más sombrío. ¿Quién reconocería en mí al multimillonario, al náufrago, al coronel Von Steinhoff, al asesino a sueldo, o simplemente al gilipollas que todas las noches se convierte en héroe o en villano sin fechorías y sin hazañas? Y así, sin mayores novedades, llego al Maracaná, y poco después a la papelería. Todo en orden. Una vez más he dejado atrás los riesgos, los cánticos, las tentaciones propias del viaje.

Pero la vida real, las aburridas e inútiles horas de los días que nacen condenados de antemano al olvido, tienen también su monstruario, cómo no. Ya le hablé de mis raptos místicos, ¿se acuerda?, de cuando me da por transformarme en un hombre ejemplar, un poco como el hereje o el descreído al que de pronto le ciega una luz, se convierte a la verdadera religión y llega a santo. Y es que la vida soporta toda la fantasía que uno quiera meterle. La vida lo soporta todo. Toda la estupidez, toda la belleza, todo el tedio, todo el horror; hasta lo imposible lo soporta la vida. ¿Cómo entonces vamos a aprender nunca el oficio este de vivir?

Fíjese. Una vez, poco después de casado, iba yo por la calle, un día entre tantos, cuando de repente se desata un tumulto. Hay gente que corre, se oyen voces, se oye un grito desgarrado, un chillido histérico, el vecindario se echa a los balcones, y cuando quiero darme cuenta también yo estoy corriendo hacia el centro de aquel revuelo, donde ya se ha formado un nutrido grupo de curiosos. Me asomo por entre las cabezas. En el claro del corro hay un hombre muerto. Es un obrero que se ha caído del andamio. Son cosas que pasan. Recuerdo por ejemplo –son esos datos nimios que se hacen fuertes en la memoria, no se sabe por qué– que el 16 de abril de 1999 el viento se llevó a dos obreros de un andamio en el polígono industrial de Getafe. Murieron los dos, y así contó el accidente la prensa y la televisión, que el viento se los llevó volando del andamio. Volando. Parece cosa de magia, ¿eh? Y es que la vida está llena de cosas fantásticas. Pues algo parecido le había pasado a éste. Un policía municipal le dictaba a otro los datos del finado: Agapito Otero Correa, 31 años, obrero, casado, hijo de Emilio y Soledad, natural de Albacete. Lo dictaba con mucho esmero, deletreando, temeroso de cualquier error, y el otro apuntaba con igual escrúpulo, silabeando lo dicho por el compañero, y entretanto allí estaba el muerto, la cintura descoyuntada, los brazos de pelele y la cara muy seria, muy reconcentrado en algo que ya no tenía nada que ver con los datos tan exactos, tan claramente pronunciados, de su filiación. Todos mirábamos a los policías y luego otra vez al muerto, como si nos asomáramos a él, como a un pozo sin fondo donde quisiéramos distinguir algo, una vaga forma moviéndose en el agua.

Enseguida empezaron a oírse algunos comentarios, tímidos al principio y luego más resueltos, más autorizados y llenos de razón. «No llevaba arnés», «Tampoco casco», «Ni siquiera la cincha del enganche», «¿Por qué no los obligan?», «Si es que a veces ellos mismos se buscan la ruina», «Yo al obrero que no cumpliera las normas de seguridad, le multaba». Un perro se acercó a olfatearlo y un espectador le dio con la puntera del zapato en el hocico. «¡Oiga, usted a mi perro no le toca!» «Pero ¿no ve que iba a lamerle la sangre?» «Mire, como vuelva a tocarle, le doy un par de hostias.» «Señores, un respeto», dijo alguien, y se sosegó el corro. Un empleado de la obra trajo un saco de plástico y le cubrió la cara al muerto. «Qué desgracia.» «Y por cuatro perras además.» «Sí, pero de algo hay que vivir.» «Y los millones, para el constructor y los concejales.» «En este país hay mucha especulación.» «Todos los oficios tienen sus riesgos.» «Unos más y otros menos.»

Al poco llegó una unidad de televisión y el reportero pidió espacio para trabajar. «¡Ábranse, ábranse!», dijo uno de los policías. El corro se abrió en hemiciclo. El cámara empezó a filmar y el reportero a hablar. Allí nadie sabía nada de cómo había ocurrido el accidente, ni tampoco los otros obreros conocían al accidentado. «Llevaba sólo unos días en la obra.»

Entonces yo miré otra vez al muerto y me entraron ganas de llorar, ya me conoce, unas ganas purificadoras y sinceras, y debí de llorar de veras porque enseguida el reportero lo advirtió y se dirigió a mí, seguido por el cámara. «¿Conocía usted a la víctima?», me preguntó, y me puso el micrófono en la boca. «Sí, era amigo mío», dije yo, y rompí en sollozos. No me pregunte usted por qué lo hice. Supongo que por solidaridad ciudadana, porque vi que aquella gente necesitaba algo más para enriquecer el drama del que eran espectadores. Y también por el muerto, por acompañarlo en su soledad, porque en aquel momento yo me sentía de verdad amigo de aquel hombre, de Agapito Otero Correa, que aquella mañana se habría levantado tan alegre y dispuesto y que ahora estaba allí tirado en la acera, hecho un guiñapo, convertido en nada, en morbosa curiosidad para un grupo de ociosos. Y pensé en sus padres, Emilio y Soledad, que lo habrían mimado de niño, y en la emoción con que habría esperado a los Reyes Magos, y en la Primera Comunión, y en los juegos y en los amigos,

196

y luego la novia, y las ilusiones de la juventud, ¿y todo para qué? Qué triste, qué injusto, qué cruel y qué absurda era la vida, y me llevé las manos a la cara y no paraba de decir: «¡Pobre, pobre Agapito!».

La gente me había rodeado, y uno me puso la mano en el hombro, otro me dio unas palmaditas en la espalda, otro me ofreció un clínex, una mujer rompió también a llorar, y el reportero seguía con el micrófono tendido, grabándome el llanto, y yo sentí que no debía defraudarlos, así que me enjugué las lágrimas, me soné y me puse a hablar de Agapito, todo lo sentidamente que pude. «Tenían ustedes que haberlo conocido. Era el hombre más alegre del mundo, y el más bueno, y el más humilde, y el más gracioso, y el que más valía de todos nosotros, sus amigos y conocidos. Porque Agapito valía un montón. Y no sólo por sus cualidades morales. Es que además era un artista. Tenía una voz maravillosa, y hubiese triunfado en el mundo del espectáculo de haber tenido una oportunidad. Pero no se la dieron... ¡Pobre, pobre Agapito!» «En este país a los artistas no se les considera», sentenció uno. «¿Y en qué género cantaba?», preguntó otro. «Ópera y zarzuela sobre todo, pero también flamenco, y tangos y boleros. Era un genio.» «Pues aquí en la obra no se le oyó cantar», dijo un compañero. «Normal», dije yo. «Ésa era su cruz. Cantaba tan bien que distraía a los demás de su trabajo. Hasta él mismo se quedaba a veces como hechizado por su propio canto. Lo habían despedido ya de otros empleos, y ésa era la razón por la que había dejado de cantar en el tajo, para que no lo echaran.» «Bueno, es que eso tampoco puede ser», razonó alguien, «que aquí en España gusta mucho el cante y poco el trabajar.» «Y también imitaba muy bien las voces de los animales», seguí yo, imparable en mi inspiración. «Hacía el perro, la gallina, el león, que era un prodigio oírlo. O decía: "Voy a cantar por Frank Sinatra o por Manolo Caracol". Y lo hacía tan perfecto que no se sabía cuál era cuál. Y también sabía hacer juegos de manos, convertir un pañuelo en una paloma. ¿Y ágil? Lo mismo iba andando y de pronto daba un salto mortal para adelante y otro para atrás, y todo por puro amor al arte. Y nunca presumía de nada. Y nunca un mal gesto ni una mala palabra. Así, señores, era Agapito.»

Por un momento pensé que la gente iba a ponerse a aplaudir, y no sé si alguien lo intentó. Pero enseguida se hizo un gran silencio. Luego algunos se pusieron a filosofar. «¿Y qué? ¿De qué le ha valido su arte? Cantante o albañil, orgulloso o humilde, triste o alegre, ágil o torpe, ¿qué más da, si ya está muerto?» «En el cementerio todos somos iguales.» «Así es la vida, tanto afanarse para nada.» «A lo mejor ha sido un suicidio», aventuró alguien. «¿Cómo se atreve a decir eso en mi presencia?», dije yo, y me envalentoné. «Era sólo un decir», se disculpó el otro. «Yo he oído decir que hay muchos artistas que se suicidan.» «¡Joder, que usted no le toca a mi perro!, ¡que no me sale a mí de los huevos que usted toque a mi perro!», volvió a oírse entonces, hubo un conato de agresión, se echó el perro a ladrar, se pusieron a vocear otros, y en ese momento sonó la sirena de una ambulancia y ahí concluyó la escena.

A Agapito lo metieron en un furgón y a mí en un coche de policía. «Oiga, que yo sólo pasaba por aquí y voy con prisas», dije. «Usted se viene con nosotros hasta que el cuerpo quede identificado.» Y me llevaron con ellos, detrás del furgón, y luego me tuvieron mucho tiempo en el hospital, hasta que al fin llegó la mujer de Agapito. Aurora, se llamaba. Era exuberante, guapetona y vulgar. Llevaba un vestido ceñido y la cabellera negra y desmelenada. Yo ya le había dicho a uno de los municipales que no conocía a su mujer, que Agapito era muy celoso y no se la presentaba nunca a nadie, y ahora, al aparecer ella, el policía me miró y me hizo un gesto malicioso de complicidad. Entró y salió de la morgue con el rostro compungido pero sin soltar una lágrima. Le di el pésame y la ayudé en el papeleo. «A lo mejor le viene bien tomar un café», le dije. Y fuimos a la cafetería.

Tenía unos andares desenvueltos y poderosos, y yo diría que un tanto provocativos. «¿Y tú cómo te llamas?», me preguntó. «Enrique», mentí. «¿Y tú eras amigo de Agapito?» «Sí, nos conocíamos», respondí vagamente. «¿Y eres tú el que le has dicho a los policías que cantaba muy bien?», y en su gesto participaban por igual la incredulidad y la burla. Llevaba los labios pintados de un rosa fresco y al final de la frase los dejó abiertos y a la expectativa. «Sí, supongo que sí.» «Pero ¿tú le oíste cantar?» «Yo no, pero él me lo contó más de una vez.»

Tenía los dedos gordezuelos y las uñas pintadas también de rosa, aunque con desconchones y con cierto aspecto de desaseo. «Porque era un mentiroso, además de un borracho», dijo, y me miró como reprochándome algo, como si yo tuviera parte en los vicios del marido. «Se emborrachaba hasta en el trabajo, así que no me extraña que al final se haya caído del andamio.» «Ya, pero era buen hombre», intenté conciliar yo. «Un golfo y un sinvergüenza, eso es lo que él era», me corrigió ella, «y ojalá que Dios le haya perdonado por la mala vida que me dio.» «Perdón, yo no sabía...» «No, claro, él con los amigotes era un encanto. "¡Qué simpático es Agapito!", "¡Qué alegre es Agapito!", "¡Qué buen genio tiene Agapito!", "¡Qué ocurrente!", "¡Qué generoso que es!", me decían todos. Pero una cosa era fuera y otra en casa. ¿A que nunca te contó que de vez en cuando le daba un repaso a su mujer?» «No...», me quedé yo de piedra. «Pues sí. Cuando volvía borracho, que era casi siempre, a veces le gustaba seguir la juerga en casa. ¿Sabes lo que él decía mucho? Tú que eras su amigo lo tienes que saber. Decía: "Para pasarlo bien, los amigos; las mujeres sólo son para follar".» Cabeceé abrumado ante tamaña aberración.

Con una punta de la servilleta se secaba cada poco tiempo las comisuras de la boca. «Y además era un vago, y lo que ganaba se lo gastaba casi todo en putas y en borracherías. En fin, que Dios le tenga en su gloria.» Me miró de arriba abajo. «Es raro que no me hablara nunca de ti. ¿Es que tú no te ibas de parranda con él?» «No, yo no. Bueno, en realidad tampoco fuimos muy amigos.» «Pinta de obrero tú no tienes.» «Soy aparejador. A Agapito lo conocí en una obra por casualidad.» «Ya. Entonces tú no eras de sus amigotes.» «No.» «Ya decía yo. A ti se te ve enseguida que eres un caballero.» Yo sonreí con modestia y con una mano rechacé los halagos mientras me iba dejando ganar por las más sucias fantasías. Y sí, la verdad es que empecé a desearla allí mismo, y me parece que ella lo notó porque bajó los ojos ante la avidez de mi mirada y, en recompensa, me entregó el encanto de su pudor.

La llevé en un taxi a su casa, y al otro día fui al entierro y estuve a su lado, y me hice cargo de algunas facturas, y a la vuelta me dijo: «Él», y yo de inmediato me di cuenta de que no le había llamado *Agapito* sino *él*, «ya ha descansado, y yo también. Es lo mejor que podía pasarnos a los dos». Ya al final del trayecto me atreví a preguntarle: «¿Quieres que venga a verte alguna vez, pasado algún tiempo?». Recuerdo que tenía los ojos azules y que había en ellos como una ironía sin concepto, una ironía que vivía allí, en aquella charquita azul, como un renacuajo entre juncos. Asintió, y sonrió, y bajó la mirada y otra vez me dejó en prenda un precioso y afectado gesto de pudor.

Tenía un hijo de dos o tres años. Un mes más tarde la llamé por teléfono y fui a visitarla con un juguete para el niño y unos pasteles para ella. ¿Hará falta que le cuente el resto? Me convertí en su protector ocasional, por decirlo con buenas palabras. Le daba algo de dinero para la casa, para ropa, para la compra, para el niño, y ella me pagaba con sus obscenas ofrendas de pudor y a veces con un amor tumultuoso y plebeyo, y luego me marchaba, cada día con más prisas, porque fuera de aquel trueque inmoral no teníamos nada que compartir ni nada que decirnos.

Una tarde le di bastante más dinero del habitual, la besé noblemente en la frente y desaparecí para siempre de allí. Ya ve cómo la vida, con su humilde trama de días anónimos e iguales, forma de vez en cuando figuras monstruosas, delicadas fantasías, episodios tan raros que luego, al recordarlos, nos parecen cosa del sueño o de la magia.

Algunos conocidos me dijeron que me habían visto en la televisión. Me lo dijeron como felicitándome, y yo sentí cierto orgullo, cierta importancia ante el roce delicioso de la notoriedad. Un desconocido me paró en la calle para darme el pésame. Por un momento pensé que iba a pedirme un autógrafo. De pronto intuí lo ridícula y lo hermosa que podía ser la vida, la fácil plenitud del juego de vivir, y del caminar por los días y los años como quien lo hace sobre el agua.

Desde niño me fascinó ese milagro de caminar sobre las aguas. Es una historia que subyuga, ¿no cree? Por un lado es un ensueño divertido: qué cosa tan cómica sería ver a alguien caminar como si flotara, asentando sin temor el paso sobre algo tan liviano. Pero por otra parte y sobre todo es una historia llena de melancolía, porque encierra la esperanza de burlar y escapar a las leyes de la naturaleza, cuya primera promulgación es la muerte segura, además de la letra pequeña del contrato, donde vienen el hambre, el frío, el envejecimiento, la enfermedad, el mal, la guerra... Esa maravillosa ingravidez de caminar sobre las aguas es un signo capaz de abarcar un haz grandísimo de afanes. El más grande milagro que uno se pueda imaginar. Sobrevolar nuestra propia condición. Imponer algunas enmiendas a tan dura ley. Algo que nos permita compartir la vida, sí, pero no el mismo humillante destino final con la abeja, con el lobo, con las demás criaturas de este mundo a nuestro pesar. Y es que el miedo es tan libre como la esperanza. Por eso yo lloraba de niño viendo a Jesús deslizarse con su túnica por la superficie del mar de Galilea ante la mirada sobrecogida de sus discípulos, y me entraban ganas de rezar, de bailar, de prorrumpir en cánticos o en gritos y de pedir perdón por mis muchos pecados...

Disculpe la abstracción, pero algo así sentí yo entonces, el placer de ir con pie incorpóreo por la vida. Y durante algún tiempo paseaba a la caza de algún altercado callejero, con la intención de intervenir en él y de alterar la historia interpretando algún papel relevante en el drama. Pero no es usual asistir en vivo a un accidente, a un incendio, a un atraco..., y luego..., bueno, pues ya se sabe, luego pasó el tiempo. Pasaron los años, y yo casi me olvidé de aquel suceso singular.

Hasta que mucho tiempo después, hace poco más de un año, me ocurrió la cosa más extraordinaria que uno se pueda imaginar. Y aquí llegamos al final de mi historia. Verá, era al principio de la tarde, yo estaba en la papelería, leyendo una revista pornográfica –no sé si le he dicho que vendía ese tipo de mercancía a una clientela fiel–, cuando se abrió bruscamente la puerta y apareció enmarcada en ella una mujer muy joven, casi una muchacha, toda sofocada, la cara llena de terror, que dio unos pasos adentro y extendió hacia mí sus brazos suplicantes: «¡Ayúdame! ¡Por favor, ayúdame!», su voz era un susurro desesperado. «¡Me persiguen! ¡Quieren matarme! ¡Cierra la puerta, por favor! ¡Date prisa antes de que él venga!»

Yo estaba repantigado en una silla detrás del mostrador y, fíjese, con mis sesenta ya corridos, con mis casi cuatro perros y medio encima, me levanté de un brinco, apoyé la mano en el mostrador y, con una agilidad pasmosa, que yo jamás hubiera sospechado en mí, con las piernas haciendo tijereta di un limpio salto lateral y en un visto y no visto eché el cierre y bajé la persianita de bambú del cristal de la puerta. Como si lo hubiera ensayado mil veces. Y sentí aquella levedad de que le hablaba antes, de que la vida era un juego, un correquetepillo, un caminar sobre las aguas, un sueño, qué sé yo, un viaje sólo de ida donde no

merecía la pena, y hasta era pecado, rechazar las ba-
zas, por inciertas que fueran, que te ofrecía el destino.
Me sentí travieso, temerario y seguro, intérprete de
una comedia o de un drama que se me iría revelando
según avanzase en la actuación.

Me volví hacia la muchacha. Tenía que haberla visto: era una preciosidad. O mejor aún: era única. Era
sobrenatural. Iba vestida con una informalidad de lo
más elegante y todo en ella trascendía un aire limpio,
puro, y todavía un poco infantil. Al verla así, tan frágil y esbelta, me sentí avergonzado de la última imagen de la revista porno que aún conservaba intacta en
la memoria. Era un cuarteto formado por dos tías, un
tío y un perro lobo, hechos todos un nudo de lo más
intrincado. Ésa era la sucia realidad que contrapunte-
aba aquella escena insólita.

No me dio tiempo de decir nada. Rompiendo la
tensión del momento, la muchacha se arrojó en mis
brazos, como si al fin hubiese encontrado allí un refugio seguro. Y yo sentí el calor y el latido de aquel
cuerpo tan delicado, tan maravillosamente juvenil, la
fragancia natural de su pelo, el olor a mandarina de
su piel, sus pechos pequeños, su cintura casi de muchacho sobre la que posé mi mano protectora. «¿Estás
bien?» «Sí, pero por favor que él no entre, no le dejes
entrar», me dijo medio sollozando. «¿De quién hablas?»
«No lo sé. Me espera siempre a la salida del trabajo.»
Su voz era un susurro. «¿En qué trabajas?» «En un colegio. Soy profesora de dibujo.» «Bueno, ya está, ya
pasó. No dejaré que nadie te haga daño.» «Y entonces

me sigue hasta el metro, y también en el metro, y luego hasta mi casa. Paso mucho miedo.» Yo me acordé de Sampedro y de nuestros absurdos juegos juveniles. La abracé como abrazándome a mí mismo. Sentí en la cara la pureza terrenal de su aliento. «¿Y no lo has denunciado a la policía?» «¿Qué voy a denunciar? Si él no hace nada malo. Sólo me sigue. Debe ser un psicópata», y se refugió aún más en mí. Me acordé de la revista. La había dejado abierta sobre el mostrador y me puse a idear alguna estrategia para que ella no llegara a verla. «¿Cómo te llamas?» «Cecilia.» Le acaricié y le besé el pelo: «Tranquila, Cecilia, nada temas. Aquí estás a salvo. Conmigo siempre estarás a salvo. Ahora descansa, y luego iremos al teatro y después a cenar. ¿Cuál es tu comida favorita?». «La pasta», dijo ella, tan bajito que me costó entenderla. «Y este verano haremos un viaje alrededor del mundo. ¿Te gusta viajar?» «Sí.»

¿Y sabe una cosa? De pronto descubrí que me sentía otra vez joven, con encantos que ofrecer y recursos para seducir. Y pensé en algunos actores, en Humphrey Bogart o en Harrison Ford por ejemplo, que hacen de galanes siendo ya casi viejos. Viejos y todo, caminan sobre las aguas de la juventud. Así también yo. «Y hoy me seguía tan de cerca que salí corriendo, pero al pararme en un semáforo él me alcanzó y me tocó en la espalda. Fue algo horrible, tan horrible que volví a salir corriendo y casi me atropella un coche.» Intenté adivinar hacia dónde derivaría ahora aquella historia, pero algo real, algo profundamente auténtico, doloroso de tan auténtico, interfería cada vez con más fuerza en la ficción, amenazando con echarla a perder. ¿Y sabe de lo que se trataba? Sí, era el amor, el amor grande y único, el que raramente llega uno a conocer en la vida, que regresaba después de muchos años, desde la adolescencia, cuando conocí a aquella muchacha pálida y fantasmal que un día se desvaneció entre la niebla mientras caminábamos por un parque invernal. El amor es algo terrible, algo odioso, una verdadera catástrofe que todo lo devasta, y yo volvía a sentirlo ahora, de ahí mi agilidad y mi retoñada condición de galán, y si por un lado estaba feliz, infinitamente agradecido al destino por ese regalo, por otro lado estaba aterrorizado ante aquel prodigio monstruoso. Porque aquello era de verdad el amor, que volvía a mi vida por segunda y última vez: ideal, excluyente, enloquecedor, eterno, pavoroso.

No sé cuál de los dos, Cecilia o yo, estaba más asustado en aquellos instantes. Entonces ella dijo: «¿Cómo te llamas?», y suspiró, un hondo suspiro de alivio, y se abandonó por completo a mis brazos. Su cabeza cayó graciosamente sobre mi pecho y sus manos resbalaron sobre mis hombros y toda ella se fue desmayando, derrumbando como a cámara lenta. Y yo la acompañé en aquel descendimiento, sosteniéndola y ayudándola a caer exhausta sobre el suelo. Quedó tendida en una actitud todavía de súplica y entrega. Tenía lágrimas cuajadas en los párpados, y los ojos grises abiertos y fijos en la nada.

Miré mis manos. Estaban manchadas de sangre.

Yo estaba arrodillado ante aquella muchacha tan hermosa y mis manos estaban manchadas de sangre. Éste era el cuadro. ¿Se trataba de una pesadilla, de una alucinación, habría cometido yo un crimen sin darme cuenta o qué era aquello? ¿Y a que no se imagina de lo que me acordé entonces? Qué absurdos, qué ridículos, qué poca cosa somos. Me acordé de una película, *Con la muerte en los talones*, de Hitchcock, cuando un hombre muere apuñalado por la espalda en los brazos inocentes de Cary Grant en el *hall* de la ONU. Y en ese momento golpearon a la puerta: «¡Policía!, ¡policía!, ¡abran a la policía!».

Me levanté y giré como desorientado sobre mí mismo, sin dar crédito, confundido por la náusea de la irrealidad. Y como Cary Grant, fiel al peligroso placer de la ficción, pero seguro en el fondo de mi inocencia y de un final feliz, decidí huir.

¿Me oye? Con una bayeta me limpié las manos, y por la trastienda salí al portal y de ahí a la calle, y con la cara medio escondida en el pecho me incorporé al grupo que ya se había formado ante la tienda al grito de «¿Qué ha pasado aquí?, ¿qué hacen ustedes aquí congregados?, ¿qué coño significa todo este follón?», y enseguida me fui yendo, gesticulando, caminando a buen paso, y dejando atrás una bayeta ensangrentada, una revista pornográfica y el cadáver de una mujer bellísima.

Ah, y el sueño inalcanzable del amor, claro está. Caminaba sin rumbo por las calles, intentando analizar la materia misteriosa, inasible, de la que estaban hechos los episodios vividos esa tarde. El amor y la muerte, ¿no son ésas las dos grandes y complementarias experiencias humanas? Y sin embargo a mí aquello se me antojaba todavía un juego, de esos en los que uno va de casilla en casilla, salvando emboscadas, o cayendo en ellas, pero seguro de que al final, aun perdiendo, uno puede volver a empezar, tentar impunemente una vez más a la fortuna. Y seguía sintiéndome ágil, galán, capaz de burlas, de audacias, de enredos, de aventuras sin fin. Y hasta de bailes y canciones, como si la vida fuese una comedia musical.

Me miré al pasar ante un espejo. Bueno, ya me ve usted. Recuerdo que en algún momento de la cincuentena los rasgos de mi rostro empezaron a desestructurarse hasta llegar a componer años después una especie de pintura cubista. ¿No lo recuerda en algún retrato de Picasso? Así me vi en el espejo, y aunque seguí envuelto en la levedad de lo irreal, mis pasos se hicieron más avisados y resueltos... Quiero decir que mis pasos, acudiendo quizá al reclamo de alguna oscura intuición, me llevaban ahora por donde ellos querían. ¿Y no se imagina hacia dónde me condujeron? Hay una sabiduría oculta en nosotros, una ciega sabiduría, que la razón no controla, y que parece brotar del fondo sombrío de nuestro corazón.

Tomé un tren de cercanías, me bajé en una estación que muchos años antes había sido un apeadero solitario y que ahora era un constante bullir de gente por espacios amplios y luminosos, dejé atrás las calles y tomé a campo través. En efecto: me dirigía a la cueva que una vez tuvo en un lugar secreto aquel Florentino del que le hablé antes, no sé si se acuerda. Yo no hubiera sabido llegar hasta allí, pero se ve que mis pasos adolescentes se habían aprendido muy bien aquel camino. Guiado por ellos, caminé casi tres horas por terreno cada vez más áspero, hasta que con las últimas luces de la tarde me detuve en un alto, y en un paraje que me era vagamente familiar.

Y allí estaba la cueva, aquel escondite juvenil que había excavado y construido Florentino para alimentar sus sueños románticos de vivir sin otra ley ni patria que las suyas propias. Arrastrándome, arañándome, forcé el paso de zarza y brezo y entré en aquella oquedad y me tumbé en la mera tierra y no quise saber ya más del mundo. Malherido de amor y muerto de cansancio, me quedé dormido al instante.

Cuando desperté, era otra vez por la tarde. Habían pasado más de veinte horas. La luz hacía allí dentro una penumbra que apenas permitía distinguir los contornos. Salí afuera y me asomé al alto. El panorama había cambiado mucho. Donde antes era todo campo y todo soledad, se veían ahora colonias de chalés, senderos, grandes paneles publicitarios, y aquí y allá desperdicios de automóviles y excursiones campestres.

Y bien. Allí estuve sentado mucho tiempo, mirando a lo lejos y a lo cerca, sin pensar en nada, descansando, ajeno a todo cuanto no fuese la pura contemplación. Y ahora permítame filosofar un poco. Alguna vez había oído decir, o había leído, que las cosas nos hablan si nos rendimos a ellas y sabemos escuchar sus secretos decires. Sin embargo a mí eso nunca me ocurrió, por más que lo intenté. A mí las cosas no me hablaron nunca. Pero ahora sí, ahora por primera vez creí escuchar el discurso o la música del mundo. Me invadió un mórbido sentimiento de paz y de armonía. Pero, ¿cómo decir?, no era algo fundamentado sobre cualidades emocionales que hubiese en mí sino sobre el afán destructivo de todo cuanto había vivido, sobre el repudio total de mi pasado.

Y entonces, lo que son las cosas, me acordé de *Hamlet*. ¿Usted la ha leído o la ha visto? Es una obra muy extraña. A Hamlet se le aparece una noche el espectro de su padre para contarle la verdad de su muerte, y a partir de ahí Hamlet se extravía en un laberinto de dudas antes de decidirse a la venganza. Pero ¿cómo no había de tener dudas si sólo cuenta con el testimonio de un fantasma? El susurro de una sombra, que podría ser el del viento. Palabras en la noche. Una alucinación quizá, o quizá el fruto de una sospecha colectiva: Horacio, Bernardo, el propio Hamlet, la intuición de que el rey legítimo fue asesinado por el pretendiente, en complicidad con la reina, trama ilusoria que una noche, entre la niebla, la soñolencia, el insomnio, el miedo –pues la amenaza de las tropas noruegas es inminente– y quién sabe si el alcohol, toma cuerpo, Bernardo le dice a Horacio, Horacio le dice a Hamlet, Hamlet se lo dice a sí mismo, y así va creciendo el rumor, el vértigo metafísico, sólo eso, palabras que uno no quisiera oír pero que anhela oír, abismo al que uno se arroja buscando descanso en la destrucción. Y, como a Hamlet, en humilde versión bufa, a mí había venido también a visitarme el espectro. O la conciencia, si se quiere. Y había venido para comunicarme oficialmente el fracaso general y ya irreparable de mi vida. Y ahora sólo quedaba buscar descanso en la destrucción.

Pero también yo tenía mis dudas. Y no tenía de quién vengarme. ¿Qué hacer? ¿Quedarme a vivir allí y dejarme morir de inanición? ¿Dedicarme al vagabundeo? ¿Regresar e iniciar una nueva vida? ¿Retomar sin más la que ya tenía? Pero, por otro lado, pensé: «¿Qué es eso del espectro? ¿No será todo pura palabrería? Los verdaderos espectros, ¿no son acaso los que crea el lenguaje para oídos crédulos y corazones temerosos?». ¿Y qué era *Hamlet* sino un juguete escénico, una ficción? ¿Por qué recibir por la puerta grande a las primeras palabras que llegaban alborotando con fábulas y teorías? ¿Dónde estaba el fracaso y dónde el éxito? ¿No nos igualaba al final la muerte a todos?

Disculpe la torpeza de esta meditación. Y luego, tanta trascendencia para nada. Sentí hambre, busqué para comer, era septiembre y encontré moras en las zarzas. Bajé a beber al arroyo. Volví a la cueva. Encontré medio enterrados en la arena objetos de la época de Florentino. Un cazo, una escopeta, una trampa para pájaros, todo herrumbroso, una botella mediada de brandy, útiles que un día fueron emblemas de la libertad. Fui, vine, entré, salí, miré al horizonte, comí más moras, intentando en cada acto reencontrarme con la realidad.

Luego intenté simplificar el pensamiento, poner algo de orden en mi vida. «Veamos», me dije. Aquella muchacha, Cecilia (su nombre ya era para mí un motivo inagotable de nostalgia), había llegado a la tienda herida de muerte. «Y he aquí que había venido a morir en tus brazos, y que al poco llamó la policía, y que entonces tú, en vez de abrir y contar la verdad, saliste corriendo en plan Cary Grant, o quizá aquélla fue tu manera de sucumbir al pánico, hace falta ser gilipollas, ¿y huyendo de qué, por cierto?, huyendo de nada, como si todo fuese una película, una travesura, y tú pudieras jugar con la autoridad a policías y ladrones, confiado en deshacer después el malentendido con el solo aval de tu inocencia, de tu ciudadanía ejemplar. Y ni siquiera te acordaste de llevarte la revista porno.

»Pues bien, con tu huida te has convertido de verdad en culpable, y ya a esta hora lo sabrá todo el barrio. La tienda estará cerrada en día laboral, y quizá precintada por el juez, y la gente se parará ante ella y dirá: "Ahí se cometió ayer un crimen". Y no faltará quien añada: "Y dicen que también una violación". Y otro: "Una chica tan joven y tan guapa".» Y me imaginé la salida del cadáver, de aquella Cecilia angelical, envuelto en una manta de aluminio, o en un ataúd metálico, y los curiosos preguntando, respondiendo, conjeturando, urdiendo la leyenda, y al otro día los periódicos, y la tertulia del Maracaná, y la operación policial en marcha para localizarme y detenerme. Y entonces sí, entonces tuve de verdad miedo. De pronto se acabó el juego y, como el sol tras una tormenta de verano, ahora la realidad era una luz que deslumbraba.

Me metí en el refugio como en un cubil. Los maderos de sujeción estaban podridos y se oía el roerroe de las termitas. Soñé que intentaba prenderle fuego a una de las pirámides de Egipto con una cerilla y un rollo de periódicos. Toda la noche anduve amontonando papeles y rascando fósforos y temiendo que me descubrieran en plena tarea de sabotaje. Una de las veces me desperté devorado por la sed y bajé a beber al arroyo. Había mucha luna y en la transparencia del remanso se veían nadar algunos pececillos. Se me ocurrió entonces una imagen: la luz se abrazaba de noche a los peces para seguir brillando. Pensé si la desgracia no me habría convertido en poeta, pero cuando volví al cubil comprendí que aquella ocurrencia verbal era producto de la fiebre. Estaba ardiendo. Tuve la impresión de que no me encontraba solo en aquel refugio tan seguro. Había alguien conmigo. No, no era el espectro. Era un desconocido, una presencia extraña que se manifestaba a veces en una profunda y leve punzada en algún lugar remoto de mi cuerpo.

Al día siguiente, claro está, volví a casa. Lo que ocurrió se puede contar en muy pocas palabras. Alguien había visto el ataque por la espalda a una joven mientras ésta aguardaba en un semáforo, y había visto el punzón sangriento en manos del agresor, y cómo la joven salió corriendo y se refugió en el primer lugar que encontró, una tienda de papelería. El agresor había sido detenido y a mí sólo me quedó por contar la parte marginal de la historia, el ataque de pánico, la cobardía, el deshonor, la fuga que en su momento me pareció heroica y que ahora se revelaba como el acto más sucio e indigno que he realizado nunca.

El resto ya lo sabe. Fui al hospital a curarme una pulmonía y me encontré con que aquel desconocido que llegó a visitarme en la cueva (tan escondido como yo estaba y cómo dio conmigo el muy cabrón), ese señor cualquiera que se presenta de improviso a visitarte un día, parece que esta vez venía con la intención de quedarse en casa para siempre. Lejanamente, piénselo, es una historia parecida a *Romeo y Julieta*. Ella, Cecilia, murió en mis brazos y yo correspondo un año después con lo que acaso sea una muerte rutinaria en un hospital, pero muerte al fin, pero destino al fin...

Y fíjese, cuando salí otro día del hospital con el diagnóstico en un sobre, me acuerdo que vi a un mendigo sentado en un banco con una magdalena a su lado. Era como si la magdalena fuese un amigo, un coleguilla íntimo que él tenía. Allí estaban sentados, él y la magdalena, los dos muy formales, muy suyos, muy en su sitio, dignísimos los dos. Me pareció una visión muy hermosa, y con un punto sombrío y turbador sin el cual la belleza se convierte en postal.

No sé por qué le cuento esto, quizá porque es muy rara la percepción simultánea de la belleza y del absurdo, pero esa imagen me acompaña obsesivamente desde entonces, y no se puede figurar usted hasta qué punto me fortalece y me consuela. Y, en fin, que así es como el amor y la muerte llegaron juntos a mi vida para cerrarla y sellarla con un ridículo toque de esperanza.

Estaba ahora escuchando los primeros ruidos laborales del día. ¿No los oye? Suenan aquí mismo, en el hospital, y me pregunto si alguno de ellos no será un mensaje, una señal que me manda el destino. Llevo preguntándome lo mismo desde hace muchos años: de qué señales vendrá precedida la muerte, y si sabré reconocerlas cuando llegue el momento. ¿O se habrán producido ya y yo no supe verlas? Quizá el oráculo estaba en aquellos pececillos que vi nadando en un remanso a la luz de la luna. O quizá era Cecilia, que con su muerte venía a anunciar la mía. Pero es inútil. Si uno mira al pasado, en todo ve un indicio, un vaticinio, una advertencia.

No hace mucho, yendo por la calle, alguien me dio con el dedo en la espalda. Era un joven, hijo de un tal Andrés Sonseca, mayorista de diversos artículos de papelería, y con el que yo mantenía cierta amistad. Ese joven era violinista. Había acabado hacía poco sus estudios en el Conservatorio. «¿Cómo va ese violín?», le pregunté. Él me retuvo la mano, la cara pálida, y temblándole la voz me dijo: «No sé si sabe que mi padre falleció ayer». Dios me perdone pero, días después, re-

217

memorando los pormenores de esa escena, me vi a mí mismo haciendo con la mano un gesto de displicencia y a punto de decir: «Bien, dejemos ahora esas menudencias y dime si has progresado o no con el violín».

Lo acompañé a tramitar unos papeles y después al velorio. Allí me enteré de que Andrés Sonseca había muerto en una casita de recreo que tenía en Aranjuez. Había ido como siempre a pasar el fin de semana con su familia, se había echado la siesta y ya no se levantó más. Entre los deudos y allegados reconstruyeron el último día del muerto. Todos sus actos eran los postreros y cobraban por ello una magia de augurios. Se contó y describió con gran minucia, sin perdonar ningún dato, por insignificante que fuera, cómo fue la última vez que salió de casa, cómo arrancó el coche, cómo atravesó Madrid, cómo llegaron a Aranjuez, cómo aparcó, cómo paseó por los jardines, qué comió, qué dijo, qué opinó, cómo y de qué rió, cómo hizo planes para la tarde, hasta que anunció al fin: «Tengo sueño; voy a echarme una siestecita». Palabras tremendas, ante las que los presentes quedábamos aturdidos y como hipnotizados.

Yo me imaginé aquellos últimos y rutinarios actos de Andrés Sonseca como el estreno definitivo de una función después de muchos años de ensayo. Todo adquiría un sentido sobrecogedor ante ese instante prodigioso en que el sueño desemboca en la muerte. ¡Qué significación y qué grandeza y qué brillo tenía de pronto el desenlace de la vida de un hombre tan sin relieve y tan vulgar!

Y recuerdo, dicho sea al margen, que al final casi del velorio apareció un hombre atractivo y maduro vestido con un chándal, unas zapatillas deportivas y una cinta en el pelo. Era profesor de gimnasia y venía directamente del trabajo, sin tiempo para una ropa más formal. No sé cómo, acaparó de inmediato la atención. La conversación había derivado ya hacia la política. Él se puso enseguida a opinar y nadie se atrevió a contradecirlo. Sus palabras eran tópicas y toscas, pero todos lo escuchaban con respeto, casi con veneración. Quizá era porque nos parecía raro, y por eso especialmente valioso, el discurso político de un hombre de acción, de un gimnasta vestido con su atuendo de profesional. Yo pensé: «A este hombre habría que exigirle que, antes de opinar, se quitara el chándal, las zapatillas y la cinta, como quien se quita una careta. Veríamos entonces qué quedaban de sus opiniones, de su discurso».

Y me acuerdo también de que en un momento dado se puso a filosofar. «No hay que sentirse nunca culpable. Hay que vivir cada instante como si fuese el último, porque lo único que vale es el presente», dijo. Si yo hubiera tenido valor y fuerza, le hubiera dado allí mismo un par de hostias, delante del muerto y yo diría que hasta en nombre del muerto.

¿Recuerda por qué le he contado este episodio? Por las señales que pregonan la muerte. Hay un cuento de Hemingway donde se habla de algo de esto. Se llama *Las nieves del Kilimanjaro*. Es un safari en África. El protagonista, muy enfermo, delira en su agonía y se pregunta cómo será la muerte, revestida de qué figura, de qué imagen, comparecerá ante él. Poco después llega a recogerlo una avioneta para trasladarlo a un hospital donde sin duda salvará su vida. Lo montan en la avioneta y, cuando está en lo alto, ve entre las nubes las nieves del Kilimanjaro, y entonces encuentra respuesta a su pregunta. Ahora lo sabe, de repente lo sabe. La cumbre nevada del Kilimanjaro, así es la muerte, ése es su aspecto, inconfundible, exacto, y de inmediato él la reconoce. Sólo entonces comprende que está delirando. Que no hay avioneta ni posibilidad de salvación. De esto el lector se entera al final, a la vez que el personaje. Juntos ven las nieves de la montaña y juntos se enfrentan a la muerte, y así concluye el cuento.

Y eso es lo que me pregunto yo ahora, qué sonido, qué imagen, qué palabras serán mis nieves del Kilimanjaro.

Una vez, por cierto, creí ver en mi cara al mensajero de la muerte. Fue poco antes de conocer mi enfermedad, y entonces, ante el espejo, recordé que eso mismo me había pasado hacía unos cuantos años, pero no conmigo, no en mi rostro, sino en el de otra persona. Yo estaba comiendo en un restaurante con unos conocidos, cuando se acercó un camarero vestido de regional, porque se trataba de un asador típico castellano, y me dice: «¡Qué! ¿No te acuerdas de mí?».

Era uno de esos amigos fugaces pero inolvidables de la juventud, Chanito Gil, a quien no había vuelto a ver desde entonces. Este Chanito era ya en aquel tiempo bailarín y cantante de revistas y variedades, un tipo muy guapo y esbelto.

«¡Chanito! ¡Hombre! ¿Qué es de tu vida?», le pregunté. «¿Cómo estás?» Fue tan aparatoso nuestro saludo, que los cuatro o cinco comensales de la mesa dejaron sus asuntos para atender al nuestro. «Mal», dijo Chanito. «Estoy bien jodido y no creo que dure mucho.» «Pero, ¡cómo! ¿Estás enfermo?» «¡No, no, qué va!, si yo estoy muy bien, de puta madre, lo que pasa es que no creo que llegue a Navidad. No me preguntes por qué pero lo sé. Estas cosas se saben. Es así y no hay que darle vueltas.»

Se hizo un silencio de lo más teatral, cada cual mirando hacia donde podía. Con estos presagios funestos ocurre que, más que conmover, crean alarma, porque parece que pueden rebotar hacia los demás, como quien juega con un arma que, si se dispara, puede herir a cualquiera. Cada uno piensa si el presagio no se cumplirá por aproximación en él y no en quien lo ha sentido como suyo y fatalmente suyo.

«Ahora bien», dijo Chanito, echándose a reír, «estoy invitando a mi entierro a todo el mundo, y vosotros también quedáis invitados, porque allí no habrá llantos sino sólo risas, músicas y bailes, y mucho de comer y beber», y al hilo de estas palabras sacó una foto donde aparecía muy joven bailando en escena, vestido de tropical, con unas maracas y una camisa anudada a la mitad del pecho, y con una figura y una juventud y una belleza en verdad admirables. Fue pasando la foto de mano en mano y, cotejando el entonces con el ahora, donde se le veía viejo, desdentado, medio calvo y vestido con aquel uniforme historiado y ridículo, de menestral, se nos hizo evidente su fracaso en el arte y en la mera vida, y como antes con el presagio, yo creo que a todos nos dio vergüenza y miedo de que aquel suceso se hiciese también extensivo a nosotros.

Y entonces yo tuve una intuición. Todos tenemos a veces intuiciones, pero lo difícil es esclarecerlas, encontrar su porqué. Nos desasosiegan, nos persiguen, las perseguimos nosotros a ellas, jugamos al gato y al ratón, y al final se desvanecen como una fantasía recién soñada. Pero alguna vez, muy raramente, les damos alcance. Creo que ya le dije que los mejores pensamientos son los que llevan en su zurrón un poco de poesía. ¿Cómo decir? Uno no puede adentrarse en los abismos del conocimiento con la mera razón. Hace falta algo más, una inspiración, un pálpito, un rapto de locura, o unas cuantas palabras afortunadas que nos franqueen el paso hacia esos parajes adonde la razón no llega porque ignora la contraseña que abre la puerta del misterio. Yo creo que la inteligencia es como una lámpara que sólo se puede encender en toda su luz con la chispa de la intuición.

¿Ve? Ya estoy otra vez filosofando. Pero es que yo quería entrever algo en aquel amigo de la juventud, y no sabía qué. Hablaba tanto, reía tanto, contaba tan-

222

tas viejas anécdotas, e incluso a veces insinuaba cantos y bailes, y en fin, irradiaba tantos signos, que enseguida uno se cansaba y se perdía en aquel muestrario de baratijas sentimentales de otra época.

Miré la foto y luego a él. Estaba muy cambiado, pero había algún rasgo de su belleza y de su juventud que parecía como replegado y oculto en capas más hondas de su rostro, esperando acaso su oportunidad, y que ahora débilmente había aflorado, como dicen que les ocurre a veces a los muertos, y quizá era eso lo que le había inspirado a él, y ahora me inspiraba a mí, aquel presagio funesto sobre su futuro. Porque esa sombra de belleza antigua había aparecido gracias al deterioro físico que se veía en su cara, descolorida y un tanto cadavérica, los ojos hundidos y febriles, la boca sumida y como desdentada, pero que así y todo traslucía un eco, bien es verdad que lúgubre, de su esplendor de antaño. Pensé: «Mala señal es ésa, ese descarnamiento que viene a descubrir a estas alturas vestigios de una juventud ya muerta». Es como cuando la memoria se demencia y los hechos de la infancia aparecen con una nitidez que sólo se logra a costa precisamente de la destrucción de los recuerdos más recientes.

¿Y sabe por qué me he acordado de esto? Pues porque poco antes de la tarde en que conocí a Cecilia, un día me miré en el espejo y vi pasar fugazmente por mi rostro la sombra de la juventud. Sentí compasión por mí, por la vejez ya en ciernes, por el deterioro de mi cuerpo, como si mi cuerpo fuese mi prójimo y yo fuese otro, quizá el joven que un día fui, y lo mirase desde fuera, apiadándome de él. «Mala cosa», me dije, acordándome de Chanito Gil. Y entonces, como él, también yo tuve un presagio funesto sobre mi porvenir. Así que quizá mi Kilimanjaro, mi mensajero de la muerte, fue aquella imagen de mi rostro fluyendo por un instante en el espejo.

Y llegado a este punto, no sé qué más le podría yo decir. Lo que le he contado es más o menos la historia de mi vida. Más o menos, no lo sé. Pero sí creo que en algún momento de esta noche he debido de decir algo que contiene lo esencial de mí, de lo que yo en verdad he sido.

Pronto vendrán a buscarme. ¿Que si tengo miedo? No, creo que no. Estoy pensando que las hojas de las acacias se habrán llenado de gotitas de lluvia, y los tejados estarán brillantes, y el mundo en general estará un poco mejor hecho que ayer. Siempre me gustó mucho ver llover. Y viendo llover, alguna vez me he imaginado todas las lluvias que en el mundo han sido, las que vieron y escucharon los bufones, los enamorados, las viejas hilanderas, los soldados antes de la batalla, los caminantes, el pastor asirio, los filósofos griegos, el grillo tan atento siempre a los rumores, el muerto reciente que por unos días sigue escuchando el trajín de la vida, cada vez más lejano, hasta que cesa por completo. ¿Usted no sabe que los muertos mantienen durante unos quince días el sentido del oído? Sí, siguen oyendo. Pueden oír los pasos sobre su tumba. Eso lo contó una vez alguien en el Maracaná, con gran acopio de argumentos científicos. Y don Obvio dijo: «Pero ese oír de los muertos, ¿tiene que ver con la conciencia o son sólo ruidos captados por una leve vibración en las membranas auditivas todavía tensas?». Y el otro se sulfuró y dijo: «¡Que no, joder, que oyen, cómo cojones se lo voy a decir! Está demostrado. Como estamos oyendo ahora nosotros. Durante quince días. Ni uno más ni uno menos».

Y oyendo la lluvia y pensando en los muertos me lleno de piedad por mis antepasados, los que fueron los dueños de la tierra, de las aguas, del aire y de la luz hace siglos, los que vistieron túnicas o pellicas, los que bailaron con fino escarpín y breve talle al son de las mandolinas y les pusieron palabras nuevas al amor, los que vieron la misma luna que nosotros... y que fueron tan cabrones como nosotros, es cierto, tan canallas como el que más, pero yo siento lástima por ellos. Me dan pena los muertos. ¿Y sabe? Me consuela confundirme con ellos, pasar a formar parte de la memoria de la especie, perderme en el olvido para toda la eternidad.

La destrucción es algo que purifica. Y no hablo por hablar. Sentí eso mismo, y de un modo muy intenso, cuando murió don Obvio, o don Mero, o don Meramente, o como queramos llamarlo, porque ya da igual. Fui a visitarlo a la clínica justo en su último día. Aquello era un folletín. Yo no sabía que estaba casado, o si lo sabía no me acordaba, porque él no hablaba nunca de su mujer, ni en general de su vida privada. Estaban los dos en pleno idilio. Él en la cama, desnudo sólo con la sábana, delirando, mientras su mujer, sentada a su lado en una silla, lo acariciaba, le hablaba, lo mimaba, lo miraba con un amor, con una ternura, con una entrega, como yo no había visto jamás. Era una vieja menudita, atractiva, y creo que ni siquiera advirtió mi presencia, o quizá la ignoró.

Fui hasta la ventana, un tanto incómodo de ser testigo de aquella escena íntima, y me quedé mirando al exterior. La habitación daba a un jardín. Era un jardín cautivo entre bloques enormes de viviendas. Estaba desierto. Ni siquiera un pájaro o un perro. A mí me pareció que había algo depravado en aquel jardín. Era como el sueño estético de un prestamista avaro, o de un estafador. Unos setos sucios, unos arbustos raquíticos, desesperados por vivir, un tobogán, unos columpios herrumbrosos... Don Obvio tenía visiones: veía la habitación, veía a su mujer, me veía a mí, y al mismo tiempo veía mucha gente correr bajo un aguacero. «¡Qué bárbaro!, ¡cómo llueve!, ¡y qué de gente por todas partes!», decía. Cuando me miraba, yo me sentía observado y soñado a la vez, y desviaba la vista hacia el jardín.

La mujer le decía que no temiese nada, que ella estaba allí para protegerlo, para que no le pasara nada malo. «¿Siempre juntitos?», preguntaba él. «Siempre.» «¿Siempre siempre?» «Siempre.» Y entonces don Obvio se echó a llorar. Su mujer le limpió con los dedos las lágrimas. Él sonrió mirando a las alturas: tenía hambre y soñaba con pasteles.

Luego se puso a hablar de asuntos médicos. Creía que le iban a trasplantar el corazón. El corazón y otra víscera, no se le entendía bien. Decía: «¡Pero esa operación es dificilísima! ¡Eso la ciencia no lo ha resuelto aún! ¡Por lógica, eso no puede ser!». La mujer le acariciaba la cara interminablemente, amorosísimamente. Él tendió los brazos. Se abrazaron. «Siempre juntitos.»

Yo me sentí como un intruso y miré otra vez al jardín. Y entonces me sentí solidario no ya con don Obvio y con su mujer sino con todo el mundo, con el mero hombre en general, y creo que algo muy profundo en mí quería entender... Era como una pureza antigua y olvidada, como si alguien en plena noche se acercara a mí con una lamparita trémula de aceite. Y mirando el jardín de pronto odié a Dios por no existir. Lo odié y lo desprecié con el rencor del amante todavía despechado. Una racha de viento hizo chirriar uno de los columpios.

«No doy nada por mi vida», dijo don Obvio. La mujer no me miraba, yo creo que no me miró en ningún momento, sólo tenía ojos para él. Una enfermera le trajo la merienda. Enseguida vino un celador, tomó en brazos a don Obvio tras ponerle una bata y lo acomodó en un sillón. Con él vino un celador novato. El titular le fue explicando cómo había que hacer para incorporar al enfermo, cómo ponerle la bata, cómo levantarlo en vilo, cómo sentarlo en el sillón.

Cuando se fueron, me acerqué con el mayor sigilo y eché en la taza el nescafé y el azúcar, vertí la leche, removí con la cucharilla. La mujer desprendió el celofán del paquetito de galletas. Le dio una a don Obvio. Él la miró sin entender. La sostuvo torpemente en la mano y la examinó con gran extrañeza, como un indígena de la selva virgen podría mirar un sacacorchos o... ¿Dónde estaban ahora sus obviedades, su pasión por el término medio, su fe indestructible en la razón? «Aquí esta tu cafelito. ¡Ay, con lo que le gusta a él su cafelito!» La mujer tenía una voz dulce y melodiosa. Sus piernas eran flacas, huesudas, las venas ramificadas por la piel vieja y pálida. Mojó una galleta en el café y, diciendo mimoserías, se la acercó a su marido, y en ese momento yo me fui retirando, dije unas palabras de adiós que no fueron atendidas y desaparecí de allí, lleno de amargura pero milagrosamente absuelto de mis pecados y mis culpas.

Luego me enteré de que don Obvio murió esa misma noche. ¿Y sabe cuáles fueron sus últimas palabras? Habló del calentamiento global, del efecto invernadero, de la capa de ozono, del futuro incierto del planeta. Y concluyó diciendo: «Por lógica, algún día nuestros descendientes no tendrán flores para llevarnos a la tumba». Y se murió. Aquélla fue su última obviedad.

Una vez, por cierto, soñé con don Obvio, acabo de acordarme ahora. Verá qué cosa más curiosa. Yo era joven aún y regentaba un quiosco de prensa. Y era feliz, allí en el sueño. Hablaba con los clientes, reía, compartía bromas, y vivía libre de cuidado. Pero de pronto un día se acercaron dos hombres trajeados de negro, con sombreros de ala baja, parecían gánsteres del Chicago de los años veinte, los dos iguales, caminando hombro con hombro, y se detuvieron ante mí. Uno de ellos era don Obvio, y el otro, fíjese, yo creo que era Kafka. Vagamente era Kafka. ¿No ha visto fotos suyas? «Debe acompañarnos», dijo don Obvio, porque el otro no habló en ningún momento. «¿Yo? ¿Por qué habría de ir yo con ustedes a ninguna parte?» «Lógicamente, porque usted está muerto, y éste no es su lugar», dijo don Obvio. «¿Muerto yo?», dije, y abrí los brazos y me dirigí a algunos clientes que había allí invitándolos a maravillarse conmigo de aquella insensatez. «¡Basta de supercherías!», dijo don Obvio. «Usted lleva muerto ya once días y no debe estar entre los vivos. Usted es un impostor. Usted da monedas frías en manos dadivosas. Pero ahora, desenmascarado al fin, le llevaremos a su verdadero hogar. ¡Andando!»

Y, tomándome cada uno de un brazo, me llevaron así por toda la ciudad. Y muchos se detenían a nuestro paso, y algunos preguntaban: «¿Adónde van con ese hombre?, ¿cuál es su delito?, ¿tanto mal ha hecho?». Y don Obvio: «Está muerto, y lleva once días fingiendo que está vivo». Y entre los curiosos vi a los habituales del Maracaná, vi a Sampedro, aquel compañero de trabajo de la juventud, vi a mi tía Cati y al señor Tur, y todos movían la cabeza como diciendo: ¡Qué poca vergüenza!, ¡ya decía yo!, ¡nunca fue trigo limpio!, cosas así. Y de ese modo me fueron llevando hacia las afueras de Madrid, y aún más allá. Vi la plaza de toros, vi desde un puente una autopista por donde los coches circulaban a gran velocidad, vi a muchos niños que desde las ventanas de una escuela se burlaban de mí y con las manos me iban diciendo adiós, hasta que al fin llegamos a un lugar que debía de ser el cementerio pero que no lo parecía, porque era como una modesta urbanización de casitas bajas con parras en las puertas, en una de las cuales don Obvio y su acompañante me invitaron a entrar. Oí los cerrojos al atrancar por fuera la puerta y entonces vino la gran revelación: morirse era vivir en la hora infinita de una habitación de techo bajo, sin ventana, las paredes desnudas, cerrada a cal y canto, con una cama grande que tenía una colcha bordada con fantasías portuguesas y una mesilla donde había un globito de vidrio que irradiaba una luz mortecina. Eso era todo.

Recuerdo que me eché en la cama con una pirueta infantil y salté un rato sobre ella, y que era dichoso porque, por un lado, me había quitado de en medio el incordio de la muerte, y por otro ahora estaba libre de cuidados: de las responsabilidades, del tiempo, de la enfermedad, de las guerras, de la vejez, del trabajo, de los jefes, del miedo y hasta de la esperanza. Pensé: «Ya nadie puede exigirme nada, ahora soy libre y tengo toda la eternidad por delante para estar aquí solo, a mis anchas, tan ricamente tumbado a la bartola, a salvo del prójimo y de las penalidades de vivir».

Sería bonito que la muerte fuera así, ¿no cree? O que pudiéramos al menos morir acompañados. Tomar una mano amiga, contar hasta tres y dar juntos el saltito final. O entrar en la eternidad dando zapatiestas de arlequín y alejarse del mundo bailando al compás de la música. O que la muerte fuese como registrarse en un hotel modesto, en una pequeña habitación que da a un patio interior.

¿Le parece absurdo? Bah, no crea que tanto. Vivir es convertir el absurdo en el blanco de nuestros dardos lanzados al albur del momento. Entretanto, el viento va borrando las huellas de nuestros pasos descarriados. Y así, vamos por buen camino hacia ninguna parte. Yendo al azar, vamos a lo seguro. Y, a propósito de esto, ahora recuerdo que... Pero ¿no oye? Escuche. Sí, ahora sí. Ésa es la señal. Ya están ahí. Ahora empiezo a ver claramente las nieves perpetuas de mi Kilimanjaro. Y me pregunto si se acordará usted de mí durante mucho tiempo, y qué recordará. De joven vi una vez una representación de *Edipo Rey*, de Sófocles, y como yo estaba entonces hechizado por la música verbal, lo que vi y oí en esa obra fue ante todo la historia de una voz. Al principio, cuando Edipo sale de su palacio y se dirige al pueblo, su voz es grave, solemne, serena, y quizá hasta un punto arrogante, como corresponde por otro lado a un rey que además es un hombre ejemplar, un varón famoso en todo el mundo por su poder y sus virtudes. Luego hay un momento en que, al enfrentarse a Tiresias y a Creonte, su voz va subiendo de tono y perdiendo las formas hasta hacerse colérica, feroz, soberbia, amenazante. Cuando al fin se sosiega, y cuando luego empiezan las primeras sospechas de que acaso el asesino al que busca sea él mismo, el propio Edipo, la música de su voz se va quebrando, va adquiriendo matices de incertidumbre y de zozobra, y por ese camino desemboca en la autoconmiseración, en la queja, en el balbuceo, y el metal de ese tono nos produce un sentimiento de piedad que después es también de pánico y de horror cuando finalmente su voz se rompe y se desgarra y ya es sólo el grito inhumano que anuncia su caída en la mayor miseria humana que uno se puede imaginar. Y así, la línea melódica va recogiendo, como un sismógrafo, los más leves y profundos movimientos del alma. He ahí, pues, la historia de una voz. La primera vez no me enteré del argumento porque sólo atendí a aquella música de palabras que por sí misma, sin necesidad de ninguna significación, contaba a su manera la triste historia de aquel hombre.

Y me he acordado de eso ahora, en este último instante, porque mi voz ha durado toda la noche pero siempre ha sido más o menos la misma, ¿no es así?

Una voz sin historia, como mi propia vida. Me pregunto si mañana, o dentro de un mes, recordará usted algo de lo que le he contado, o al menos, la música de mi voz. Porque eso es lo que recuerdo yo en estos últimos instantes, las voces de la gente a la que conocí. Oigo la música de todos, la música de la vida, una sinfonía verbal en la que apenas se distinguen palabras. Sólo algunas frases puras, indestructibles y esenciales: «Se vende este local», «No tengo aquí las herramientas».

Y así podría seguir hablando y hablando y hablando, pero ya no hay tiempo para más. ¿Qué le ha parecido mi vida? ¿Le parece ridícula, insípida, trivial, curiosa, o una vida a medio vivir, o solamente una más entre tantas? Yo no sabría cómo definirla, y menos aún cómo juzgarla. Es así, créame. Al cabo de tanto tiempo, lo ignoro todo sobre mí. Sí, sólo ahora, al haber destilado mi vida en palabras, me doy cuenta de lo ignorante que soy de mí mismo. Por ejemplo. ¿He sido feliz en el amor? Creo que no, pero no estoy seguro. ¿Y en el trabajo? Pues tampoco está claro. Soy ateo, como ya le dije, pero ¿no habré sido sin saberlo un hombre religioso, un creyente que va por libre, la oveja aquella descarriada de la parábola? Pues quizá. ¿Ha merecido o no la pena vivir? Tampoco lo sé, porque no consigo abarcarme a mí mismo y ver mis años desplegados en panorámica, formando un argumento. Y eso sin contar que siempre me ha gustado más mirar el espectáculo del mundo que tomar parte en él. No sé nada, nada, nada. Ni siquiera sé si he vivido o no con cierta dignidad. Aunque, eso sí, tres o cuatro veces en mi vida he tenido el privilegio de caminar sobre las aguas... Y Cecilia... Me gustaría que mi vida hubiese sido al final una historia trágica de amor, para poder despedirme ahora con un pequeño discurso altisonante. Sería bonito. Pero no puedo. Como diría Bertini: «No tengo aquí las herramientas».

Y ahora sí, ya es hora de acabar. Adiós y suerte, amiga, y gracias por su compañía.

Últimos títulos

TE LLAMARÉ VIERNES
Almudena Grandes

MUNDO DEL FIN DEL MUNDO
Luis Sepúlveda

ANTES QUE ANOCHEZCA
Reinaldo Arenas

EL AMANTE
Marguerite Duras

EL HIJO DEL VIENTO
Henning Mankell

EL ÁNGEL NEGRO
John Connolly

MUERTE EN ESTAMBUL
Petros Márkaris

EL OJO DEL LEOPARDO
Henning Mankell

EL HOMBRE QUE AMABA A LOS PERROS
Leonardo Padura

PATAGONIA EXPRESS
Luis Sepúlveda

EL FIN DEL MUNDO
Y UN DESPIADADO PAÍS DE LAS MARAVILLAS
Haruki Murakami

RETRATO DE UN HOMBRE INMADURO
Luis Landero

HISTORIA DE O
Pauline Réage